Jens Kirsch

Knapp daneben

-Geschichten für den nächsten Tag-

Für Jan

Jens Kirsch

Knapp daneben

-Geschichten für den nächsten Tag-

Knapp daneben ist auch vorbei. Mir selbst ist im Leben so manches danebengegangen. Ihnen auch? Dann seien Sie eingeladen zu einem Ausflug in die bewegte Welt ambitionierter Menschen, die oft genug das Pech haben, die Ziele ihrer Bemühungen nicht mit den Ergebnissen in Einklang bringen zu können.

Das kann tragisch sein, muss es aber nicht. Die große Komödie des Lebens, sie steckt uns auch in den ‚Geschichten für den nächsten Tag' die Zunge heraus!

© 2021, Jens Kirsch
Herstellung und Verlag:
BoD – Books on Demand, Norderstedt
ISBN: 9783755737858

Inhalt

Bockwurst

Seltsamerweise schmecken mir die Bockwürste an den Tankstellen am besten. Obwohl ich da nicht besonders wählerisch bin. Ganz gern vernasche ich so einen schönen knackigen Dampfriemen, mit einem knusprigen Brötchen als Umhüllung, auch in den diversen Kaffees, wie sie seit einiger Zeit an die Bäckerläden angeschlossen sind.

Wahrscheinlich ist in diesen Bäckereien der Handwerksanteil bei der Brötchenerstellung so hoch wie bei den Tankstellen auch: Der im Großhandel erworbene Teigbatzen wird in einen Elektroofen geschoben, nach Anleitung eine bestimmte Zeit bei einer bestimmten Temperatur gebacken und zum Abschluss zur Abkühlung in einen Korb gekippt. Das war's.

Dann folgt der handwerkliche Part. Das nunmehr abgekühlte Brötchen wird in die mit einem Latexhandschuh versehene Hand genommen, mit einem Messer aufgeschnitten und die Bockwurst hineingestopft.

Bei den Bäckerkaffees kann es passieren, dass, ebenfalls von Hand, noch Senf aus einer Pressflasche über die Wurst gedrückt wird.

In den Tankstellen gibt es den Senf meist als kleine Tütchen dazu. Das finde ich sehr viel weniger schön, aber was soll's! Wenn es wenigstens zwei Tütchen sind, bin ich schon ganz zufrieden.

Wegen des Kugelvirus waren wir lange nicht mehr aus dem Haus gekommen.

Deshalb freute ich mich auf den Gesundheitsausflug, den ich mit meiner Frau in die nächstgelegene Großstadt unternehmen musste.

Weil dort, in Rostock, über eine längere Zeit relativ wenige virusinduzierte Fälle aufgetreten waren, gab es seit Wochenbeginn wieder offene Läden und so nutzte ich die Zeit, die meine Frau beim Arzt zubrachte, um mir die armen geschundenen Seelen in und um das Warnow-Center herum bei ihrer elementarsten Bedürfnisbefriedigung, dem Shoppen, anzusehen.

Mit unserem Hund Billi an der Leine spazierte ich über die erste belebte Ampelkreuzung.

Unser Hund ist schon einigermaßen taub, aber er erschnüffelt noch ganz genau, welcher andere

Hund ihm an den Straßenecken einen Gruß hinterlassen hat. Und beim Studieren dieser Grüße ist er ziemlich ausdauernd. Ich kam also nicht allzu schnell vorwärts und hatte Zeit, die diversen Läden, die sich in der Einkaufspassage befinden, schon vorab zu inspizieren.

Bereits an der Stirnseite der Gebäude, die die Fußgängerzone bildeten, pries ein Bäcker seine Handwerkskunst.

Wir hatten schon einige Wochen zuvor die Ehre, seine Brötchen zu verkosten. Sie schmeckten ein ganz klein wenig nach ranzigem Salatöl. Bei welchem technologischen Schritt Brötchen mit ranzigem Salatöl in Berührung kommen, ist mir bis heute unklar. Sei es drum, es ging auf halb Zwölf, ich hatte Hunger.

Ganz ungebremst durfte der Laden nicht betreten werden und das angeschlossene Kaffee war geschlossen. Also wartete ich geduldig, bis ich hinter die Glastür treten durfte, um dort zu erfahren, dass es keine Bockwurst gäbe. Na so etwas!

Billi hatte sich inzwischen ausgeschnüffelt und so kamen wir etwas zügiger um die nächste Ecke. Hier bot ein Großbäcker seine Waren feil und bei dem, der hat auch bei uns daheim eine Filiale, hatte ich schon öfter eine Bockwurst gegessen.

Ich musste Billi draußen anbinden, denn ein Hund beim Bäcker, das geht natürlich nicht. Auch in dieser wirklich sehr, sehr großen Backfiliale war das Kaffee durch Bänder abgesperrt. Langsam beschlichen mich Zweifel: hatte ich nicht richtig zugehört, als es um die Ladenöffnungen ging? Wahrscheinlich!

Jedenfalls lagen etliche herzhaft belegte Brötchen in der Auslage. Das stimmte mich in Sachen Bockwursterwerb doch einigermaßen zuversichtlich. Der Preis der Mettbrötchen jedoch, der machte mich nachdenklich. Für eine halbe, wirklich kleine Semmel, dünn mit Hackepeter, Mett, oder wie auch immer Sie das durchgedrehte, gewürzte Schweinefleisch bezeichnen, wollten die industriell angehauchten Inhaber der Backfiliale 1,80 Euro haben. Das wären, wenn mir die kleine Rückrechnung erlaubt sei, 3,60 DM und die wiederum zurückgerechnet auf unsere Aluminiumchips, 36 lumpige Ostmark (LOM). Dann hätte ich mir damals zwanzig halbe Brötchen kaufen können und mein Gehalt wäre weg gewesen.

Bloß damals, da gab es gar keine Brötchen mit Gehacktem beim Bäcker. Die Einzelteile musste man sich brav selbst zuhause zusammenfügen.

Und Bockwürste in Tankstellen, die gab es auch nicht! Tja, alles Gute ist eben nie beisammen.

Zurück nach Rostock in die wirklich große Backfiliale: Bockwurst gab es auch dort nicht. Muss wohl ebenfalls am geschlossenen Kaffee gelegen haben.

Nur wenige Schritte weiter bog ich in die Fußgängerpassage ein. Ein fliegender Händler hatte seinen Stand mit ziemlich glitzernden und schrill bunten Klamotten aufgebaut. Die Sachen rochen selbst unter freiem Himmel ziemlich bitter, streng, seltsam widerlich. Ich hab's, sie rochen chemisch! Sie kennen den Geruch sicherlich.

So roch es auch in den wenigen Sachenläden, die ich besucht habe. Ich bin da inzwischen sehr verwöhnt, denn solche Läden sehe ich dank meiner Frau nur ganz, ganz selten von innen. Das letzte Mal ist bestimmt schon zwanzig Jahre her (Ich übertreibe nicht!), und bei der Gelegenheit setzte ein körperbedingter Abwehrreflex bei mir ein, der dazu führte, dass ich in Anwesenheit meiner Frau bestimmt nie wieder einen Klamottenladen betreten muss.

Es grummelte mir plötzlich ganz seltsam um den Magen herum, oder noch weiter unten, und hinten, und so beschloss ich damals, Interesse an den

Warenauslagen mimend, mich in einen Bereich ohne Kunden zurückzuziehen, um dort möglichst leise das Grummeln aus meinen Innereien zu entlassen. Tatsächlich, die Sache funktionierte einwandfrei: in der Ecke, in der ich mich aufhielt roch es überhaupt nicht mehr chemisch!

Dummerweise hingen dort irgendwelche Anoraks, die meine Frau nun doch interessierten. Erst schaute sie mich nur strafend an, aber als auch noch ein junges Ehepaar in der gleichen Ecke Regenbekleidung suchte, haben wir den Laden ziemlich fix wieder verlassen. Seitdem, wie gesagt, geht sie mit mir nicht mehr so gern in Läden mit diesem speziellen chemischen Geruch.

In der Fußgängerzone stank es also nach Chemie. Einige Schritte weiter standen Bänke vor einer Bäckerei. Obwohl Billi ein wenig taumelte – das kann am Geruch ebenso liegen, wie an seinem hohen Alter -, erreichten wir die Bäckerei, die ebenfalls Frühstück, Kaffee und belegte Brötchen anbot.

Und vor diesem Laden schuckelte eine ältere Frau, eine Neubürgerin, wie sich bald herausstellte, einen Kinderwagen. Die Frau war grauhaarig, aber das will heutzutage ja nicht viel bedeuten. Ich sah mir das Kind durch die Kunststoffscheibe etwas genauer an: es handelte sich um einen Hund, ein Hündchen besser, mit einer roten Schleife im Haar. Die Frau sprach mich an:

„Dein Hund, welche Rasse?"

Ich sagte ihr, dass unser Billi ein Havanneser sei. Die Frau jubelte auf.

„Meine (den Namen habe ich verpasst, nennen wir sie Daisy, das würde zu der kleinen Hundedame passen) Daisy, auch Havannese!"

Sie packte die Kleine, die neben dem rosa Schleifchen ein rosa Jäckchen trug, und hielt sie dem Billi genau vor die Nase. Billi ist kein Kostverächter, aber ihm wie mir schlug wieder ein seltsam chemischer Geruch in die Nase, diesmal mehr so blumig, eine Mischung aus Levkoje und Maiglöckchen, mein lieber Mann, Billi zuckte zurück. Ich jedoch kniff meine Hinterbacken zusammen, damit nicht wiederum meine Abwehrreaktion die wirklich nette Frau samt ihrer Hündin verschrecken würde.

In diesem Moment kam ihr Mann aus der Bäckerei, begrüßte uns freundlich und machte sich mit der Frau vom Acker (Sie sehen, wir kommen vom Lande, denn vom Pflasterstein wäre wohl die bessere Metapher). Noch von weitem johlte sie enthusiastisch, und ich hörte sie noch, als bereits die Tür der Bäckerei hinter mir schloss.

„Der Billi, das ist auch ein Havanneser…"

In dieser Bäckerei gab es Bockwurst und ich konnte mir ein Brötchen dazu noch aussuchen. Die junge Verkäuferin gab ordentlich Senf darüber, genau wie ich es liebe.

Ich teilte mir die Bockwurst vor der Tür mit Billi und der viele Senf versöhnte mich damit, dass ich mir auf keinen Fall die Zunge verbrennen konnte.

Naja, Billi frisst sowieso lieber kalte Wurst, nur fiel seine Hälfte etwas kleiner aus als meine, denn ich musste ja den vielen Senf irgendwo drauf tun.

Und der Billi, der mag zwar die Wurst, aber den Senf, den mag er nicht.

Halbwegs zufrieden verließ ich die Einkaufspassage. Ich überlegte noch, ob ich mir den ORION-Laden anschaue, aber der lag ganz am anderen Ende und einen Erotikladen hatte ich mir schon einmal nach der Maueröffnung angesehen. Irgendwie passte auch die gerade aufgegessene Bockwurst nicht so richtig zu den Gummiteilen (auch wieder Chemie!), die dort zu erwarten wären, also, so dachte ich mir, mache ich lieber noch einen Abstecher zur nächsten Tankstelle und prüfe, wie dort die großstädtische Bockwurst wohl so sei.

Sie glauben nicht, dass gleich neben der Fußgängerzone eine Tankstelle ist? Es ist tatsächlich ein wenig seltsam, aber gleich hinter der nächsten Ampel lockten die Riesenbuchstaben einer Tankstellenkette. Dort stank es zwar wiederum nach Benzin und Diesel, vermischt mit diversen Abgasen, jedoch setzen diese Gerüche meine Abwehrmechanismen nicht in Kraft. Keine Ahnung, woran das liegt, denn gesünder als die Farbendüfte von Stoffen sind diese Düfte sicherlich nicht.

Die Wurst, die hier ausgereicht wurde, war riesig! Sie war heiß, sie duftete, nur der Senf war in besagten Plastiktütchen verborgen und einigermaßen verschämt lutschte ich noch den letzten Rest aus der polymeren Umhüllung. Da nun keinerlei Senf die Wurst verschmutzte, schmeckte sie auch unserem Billi viel besser und sein Anteil stieg im Vergleich zur Bäckerwurst.

Ich kaute noch, auf einem Poller sitzend, als der Anruf meiner Frau einging.

Wir fuhren nach Hause und raten Sie mal, was es zum Mittag gab?

Kartoffelsalat und Bockwurst!

Impftermin

Die Tagesnachrichten beschäftigten sich schon seit einiger Zeit nicht mehr direkt mit der Immunisierung der Bevölkerung Deutschlands durch das Impfen.

Das ist seltsam, weil sich nur wenige Tage und Wochen zuvor alles, aber auch wirklich alles, allein um dieses eine Thema drehte. Noch verwunderlicher ist, dass diese thematische Fixierung genauso lange anhielt, wie kein oder später viel zu wenig Impfstoff tatsächlich zur Verfügung stand.

Ab einem bestimmten Moment jedenfalls stand ganz plötzlich die Feststellung des Individualzustandes im Vordergrund: Jedem Bewohner des Landes sollte ein zweimaliger Test ermöglicht werden – Sie werden ihn inzwischen in Anspruch genommen haben oder auch nicht –, der dem Nutzer Auskunft über seinen persönlichen Infektionszustand geben solle.

Ich persönlich vermute, die diversen Umfrageunternehmen hatten festgestellt: die alte Sau ist tot und eine neue muss her.

So weit, so gut. Wenn nun aber der Gesamtinhalt aller Tagesnachrichten der öffentlichen Medien ganz allein aus den Informationen über die arme totgetriebene Sau und deren Nachfolgerinnen, mal abgesehen vom Wetter und von den Nachrichten über die Ergebnisse der Bundesliga besteht, dürfte die Empfehlung, die Treibzeit der Sau auf ein Minimum zu reduzieren, nicht allzu weit weg sein.

Gut, ich will nicht unfair sein, auch die Anzahl der Infektionsereignisse, die mit dem wunderbaren Messwert der Inzidenz in das Bewusstsein der Bürger des Landes Tag für Tag eingehämmert wurde, war Tagesinformation.

Weil nun diese wenigen Inhalte gerade einmal wenige Sekunden an Übertragungskapazität benötigt hätten, wurden sie gnadenlos aufgeschäumt.

Ich weiß nicht, wie es Ihnen erging, aber mir waren die diversen Aufgüsse ein und desselben Tees, um mal ein anderes Bild zu bemühen, zuwider. Ich konnte dieses gebetsmühlenartige Geschnatter nicht mehr ertragen und schaltete folglich auf stur, indem ich mich der Nachrichtenaufnahme in Gänze verweigerte. Allerdings bin ich noch ans Telefon gegangen.

Genau in diesem, meinem kritischen Moment, klingelte das Telefon also. Meine Mutter teilte mit, dass sie die schriftliche Aufforderung erhalten hätte, sich der Impfung mit dem Vakzin zu stellen. Kannten Sie den Begriff Vakzin schon vor der Pandemie?

Ich gebe es unumwunden zu: mir war das Wort vollkommen unbekannt. Ebenso sagten mir vulnerable Gruppen nichts. Videoschalten waren mir ebenfalls unbekannt. Soll mal einer sagen, dass die Fixierung von Nachrichten auf nur ganz wenige Themen nicht zur Erweiterung des Wortschatzes beitragen könnte.

Nur zu deutlich sehe ich den etwas feisten Kanzlerkandidaten der zu der Zeit kommenden Wahl vor mir, wie er mit genüsslich gespitzten Lippen das Wort ‚vulnerabel‘ durchkaute. Fast möchte ich es ebenso wie er murmeln: vulnerabel! Ist das nicht schön? Ja! Das ist nicht schön! Aber ich schweife ab.

Meine Mutter, Annelie heißt sie, hatte also die Mitteilung erhalten, dass sie sich einen Impftermin nach Anwahl einer vom zuständigen Landesamt ausgegebenen Telefonnummer zuteilen lassen könne.

Weil Annelie ein Alter erreicht hat, welches jenseits der festgelegten Altersgrenze liegt, wurde ihr staatlicherseits eingeräumt, zur Gruppe der Vulnerablen zu gehören.

Nun ist meine Mutter allerdings nicht so veranlagt, dass sie gleich, wenn ihr jemand etwas mitteilt, dieses genauso umsetzt.

Nein, nein, so einfach geht die Sache nicht! Früher war mehr Lametta? Eskalationsstufen? Informationsdefizit?

Womit fangen wir an? Hauptkommunikationsgerät Annelies ist das Telefongerät. Das mag verwunderlich klingen, denn meine Mutter hört einigermaßen hart. Die Frequenzen der diversen Telefone bedienen sich logischerweise eines mittleren Bereiches und der dringt noch ausreichend gut durch. Wobei Annelies Gedanken nicht ganz unlogisch zunächst auf Erfahrungsaustausch abzielen, der sich wegen der genannten Harthörigkeit aber besser als Direktive entäußern sollte. Da sie aber zu Beginn der Impfaktion vom eigentlichen Ablauf selbstverständlich äußerst wenig wusste, konnte sie nur schwer Direktiven erteilen.

Nichtsdestotrotz rief meine Mutter also einige Freundinnen und Freunde an und, wie der Teufel es wollte, hatten einige ebenso das Anschreiben erhalten und einer gar schon einen Termin via Internet angemeldet.

Der durch die Behörde unseres Landes empfohlene Anmeldeweg via Telefon wurde sofort auf Eis gelegt. Als ich meine Mutter eine Woche später besuchte, konnte sie also erstmals in dieser Sache Direktive erteilen:

„Meldest du mich bitte beim Impfen über Internet an?"

Na, ich war einigermaßen sauer, denn ich dachte, dass die Direktive eher in die Richtung gehen würde, die alte Dame demnächst zum Impfen fahren zu müssen. So aber, ohne Termin, setzte ich mich also an ihren PC und durchsuchte die Seiten des Landesamtes nach der Seite mit der Terminvergabe. Ich fand sie nicht. Also nahm ich das Anschreiben – da stand auch nichts von Onlinediensten zur Terminvergabe, eben nur jene Servicenummer. Und von der nun hatte ich schon gehört, dass sie nicht gerade überbesetzt sei.

Noch während ich also die angegebene Nummer anwählte und die angesagte Wartezeit von mehr als zehn Minuten lief, meckerte ich also auf meine liebe Mutter ein, warum sie nicht einmal, nein nicht ein einziges Mal die Scheißnummer aus dem Landesamtspamphlet angerufen habe, um sich einen verschissenen Termin geben zu lassen? Wie gesagt, ich war sauer. Aber was ich auch sagte, sie hörte es ja sowieso nicht.

Wobei ich bei dieser Einschätzung sicher ziemlich weit daneben liege, denn das selektive Hören ist so eine Sache für sich. Wenn man als alter Mensch Direktiven erteilen will, muss man genau das hören, was man zu Befehlen umwandeln kann und eines weiß ich natürlich genau: ein Anschiss ist dafür absolut ungeeignet. Deshalb lassen Sie mich ruhig meckern, denn meine Mutter, die macht das genauso.

Noch während die Telefonansage über alle ausgelasteten Plätze also lief - übrigens wird durch die freundliche Ansage für weitere Informationen auf die Landesamtsseite im Internet verwiesen, ha, nochmal ließ ich mich nicht verarschen und blieb in der Warteschlange und tat das noch für eine geschlagene weitere halbe Stunde -, entwickelte meine Mutter das Hausarztimpfmodell.

Und das ging so: sie habe einen Termin bei ihrer Hausärztin, weil der Blutdruck so hoch sei und die Ärztin sich sowieso immer freut, wenn sie, also die Annelie, vorbeikäme und wenn sie dort sei, dann ließe sie sich gleich mit impfen!

Nun hat die deutsche Regierung diesem Weg in ihrer weisen Voraussicht einen Riegel vorgeschoben, der zu diesem Zeitpunkt noch hielt. Zwar wurde an der Tür gerüttelt, aber ein Verteilungsproblem stand unangenehm im Wege. Von der Impfsuppe war einfach nicht genug da, das ist der erste Punkt und der zweite, die Suppe muss auf siebzig Grad minus gekühlt werden.

Sehen wir uns die Hinderungsgründe für eine dezentrale Impfung genauer an, sehen wir, dass sie ganz und gar hausgemacht sind: Wir konnten die Impfsuppe nicht selbst kochen. Sie wurde in Belgien oder sonst wo gekocht. Und das ist schlecht, denn alle wollten aus dem Suppentopf löffeln. Das gleiche Problem hatten wir schon mal, erinnern Sie sich? Da wurden die Scheißmasken empfohlen und man musste sie selbst stricken! Ich schweife schon wieder ab.

Weit davon entfernt, wie in den USA das Impfen mit Macht durchzuziehen (während ich diese Zeilen schrieb, waren 30% der US-Amerikaner gegen das Kugelvirus geimpft), musste also abgesichert werden, dass auf die Erstimpfung die erforderliche Zweitimpfung im Abstand von etwa einem Monat möglich war. Und dafür musste natürlich dann wiederum Suppe vorhanden sein. Wenn hier nicht dem Prinzip des survival of the fittest Rechnung getragen werden sollte, sondern dem Humanismus – hier hoben Kanzlerin und Kanzlerkandidat beschwörend die Arme – dem abendländischen Humanismus in seiner ganzen Reife und als Grundlage unseres Wertesystems -, dann, ja dann musste der Staat doch eingreifen und für die Zuteilung der Impfdosen sorgen, oder?

Noch am selben Tag bekam ich nach zweistündiger Wartezeit, ich war inzwischen, nachdem ich meine Mutter so weit hatte, dass sie beide Wege akzeptierte, also Impfzentrum plus Hausarzttermin - einen Menschen an den Apparat. Frau Krüger teilte Annelie ohne viel Rumgemache einen Termin am nächsten Tag zu. Ich hielt selbstverständlich den durch die vorherige Ansage geforderten Stift und Papier bereit und notierte diesen Tag.

Fehlte nun noch der Folgetermin. Der fiel auf Ostern und hier machte das System schlapp.

Frau Krüger scheiterte also am System, nicht jedoch an ihrem guten Willen. Sie ließ sich meine Mobilnummer geben und versprach mir für den nächsten Tag Rückmeldung. Und sie hielt sich daran! Noch am selben Tag fuhren meine Mutter und ich in das Impfzentrum des Landkreises, einen umfunktionierten Wirtschaftsbau aus viel Beton, mit Parkplatz, gut ausgeschildert, da gab es nichts zu meckern!

Im Eingangsbereich drängten sich drei Bundeswehrkameraden, ein großer Kerl mit einem Security-T-Shirt und eine Art Hausmeister.

Security hielt die Liste in der Hand, auf der Annelies Name verzeichnet war und wir durften rein.

Im Wartebereich, die bereits ausgefüllten Formulare aus dem Landesamtsanschreiben konnten wir wegschmeißen, denn die Version stimmte nicht, machten wir erneut die notwendigen Kreuzchen für das Präliminare (Dieses Fremdwort für den Kanzlerkandidaten. Möge es Eingang in dessen Wortschatz finden!).

Wir saßen in der Impfstraße eins, und die Impfstraße zwei blieb unbesetzt. Wobei Straße hier ein Zimmerchen bezeichnete, in welchem der Impfarzt mit den übergebenen Impfdosen hockte und den Impfwilligen wiederholt die Risiken vorlas, deren Unbedenklichkeit schon im Landesamtsanschreiben schriftlich zu bestätigen war. Sonst keine Impfung, capito?

Fünf Impfwillige waren vor uns noch dran und einer der Bundeswehrkameraden zählte schnell durch, denn die Impfdosen gingen zur Neige. Na, sieben Stück der gut gekühlten Suppe waren noch da und damit die Rechtfertigung der Anwesenheit der Bundeswehrkameraden, denn die sorgen für den Zugriff auf den gekühlten Stoff!

Auf einem Monitor an der Wand lief ein Video, in welchem ein munterer bayrischer Akademiker den Unterschied zwischen der mRNA des Virus und der DNA des Menschen erklärte und wie weit doch das Erbgut des Virus und das des Menschen voneinander entfernt seien.

Na, gut, wenn das so ist! Jedenfalls mussten die Impfwilligen nicht mehr überzeugt werden und so haute die Impfärztin in Impfstraße 1 Stück für Stück die Spritzen in die Arme der künftigen Privilegierten!

Im Eingangsbereich war übrigens zu erkennen, dass die ganze Impfmaschinerie aus vier Teams bestehen könnte, alles schön ordentlich an die Wände gepinnt. Wenn die also ebenfalls mit zwei Impfstraßen losmachen würden, kämen wir auf satte acht mal fünf Geimpfte in einer Stunde, denn genauso lange dauerte der Spaß für die An-wesenden.

Im Wartebereich für die Geimpften lief dann wiederum ein Monitor mit Bildern von fernen Gegenden mit lieblichem Gedudel. Verheißung auf die kommenden Privilegien?

Nein, meine Lieben, denn erst musste noch der zweite Termin abgeritten werden. Sie erinnern sich? Zu Ostern war Annelie durch!

Plündern

Als die Regale in unserem Einkaufszentrum immer leerer wurden, dachten wir uns nichts dabei. Schließlich gab es schon öfter Engpässe. Sie erinnern sich? Völlig grundlos hamsterten unsere lieben Mitmenschen Toilettenpapier. Die Lager in den Papierfabriken waren zwar voll. Weil aber die Parole ausgegeben wurde, Klopapier sei knapp, na klar, da wurde das Klopapier knapp. Schließlich nahm nun jeder, der einkaufen ging, nicht nur ein Paket mit, sondern gleich drei oder vier.

Beim Mehl war es nicht anders. Entdeckten die Leute die Liebe am Backen? Ach wo, sie hatten bloß Angst davor, plötzlich ohne Brot dazustehen. Und so, wie die Hamsterei dazu führte, dass sich die Urängste, sich nicht mehr den Arsch ordentlich wischen zu können, dazu führten, dass die Regale wie leergefegt waren, standen die allzu eifrigen Schnäppchenjäger nun auch vor gähnend leeren Mehlabteilungen.

All dies ist nun kein Problem, wenn etwas Zeit ins Land geht und die Abhängigen mitbekommen, dass ständig Nachschub angekarrt wird. So war es bekanntlich in diesem Falle, und im vergangenen Jahr konnten die Lücken schnell geschlossen werden. Wie gesagt, es war ja genug da von den begehrten Stoffen.

Anders sieht es aus, wenn wirklich Grundstoffe erschöpft sind, und so, wie wir jahrein, jahraus wirtschaften, nämlich genauso, als gäbe es keine Obergrenzen, kein Limit des möglichen Verbrauches, ist es eben nur eine Frage der Zeit, bis tatsächlich Grundstoffe knapp werden und am Ende nicht zur Verfügung stehen. Wenn sich dann die verwöhnten Konsumenten des Nordens etwas in den Rachen schieben wollen oder sich eben mal den Arsch mit blütenweißem Papier wischen möchten, dann sieht es nämlich schlecht aus.

Das wird in nächster Zeit sicher nicht daran liegen, dass kein Korn da wäre, oder dass die Zellulose eben mal aus ist. Schließlich lassen sich Korn und Zellulose ganz gut speichern. Ganz anders sieht es schon aus, wenn wir an den Treibstoff denken, der notwendig ist, den ganzen Materialstrom am Laufen zu halten. Es ist, wie wir oben gesehen haben, nicht nur der eigentliche Sprit, der uns in Engpässe treibt und die mögliche Verknappung desselben, etwa durch Ausfälle von Förderungskapazitäten oder der folgenden notwendigen Verarbeitungsschritte.

Nein, es ist der pure Glaube der Beteiligten, der menschliche Faktor, der die Saturierten zu Gierigen macht und der dafür sorgt, dass die Welt von Nehmen und Geben, wie wir sie kennen, in ihren Nähten ächzt.

Bisher ließ sich alles mit Geld regeln, doch die Vereinbarungen, die getroffen wurden, sind an den Grenzen der Belastbarkeit angekommen, und diejenigen, die in allen Beziehungen unterversorgt in den Lagern an den Grenzen des reicheren Nordens festsitzen, die pfeifen auf diese Vereinbarungen.

Nun war es also wieder einmal so weit: Björn, Grundschullehrer in unserem Dorf, stand vor dem Regal mit dem Roggenmehl und es war leer! Er schob den Ärmel seines Anoraks zurück. Es war kurz nach eins, also mitten am Tag. Verdutzt schob er den Einkaufswagen weiter, in dem sich bis jetzt nur ein Glas mit Gewürzgurken befand. Es handelte sich um ein sehr großes Glas, denn sie würden im Sommer Salzgurken selbst fermentieren. Das hatten Ulrike und er sich ganz fest vorgenommen, umweltbewusst und ressourcenschonend, wie sie sich zu verhalten geschworen hatten! Um die Ecke jedenfalls zeigte sich das gleiche Bild, wie beim Mehl: Der Zucker ging zur Neige.

Ungläubig blickte Björn um sich. Der Markt war weder besonders voll, noch zeigte sich irgendein Zeichen von Hektik bei den Einkaufenden. Alles war eigentlich wie immer: Ja, es waren weniger Leute im Markt, weil vorn der Securitydienst mitzählte und, ja, alle trugen brav ihren Mund- und Nasenschutz.

Aber da, beim Gemüsestand, alles wie immer: Erdbeeren aus Marokko und Spargel aus Chile! Warum macht denn nun gerade wieder das Mehl schlapp? Björn beschloss, auf Nummer sicher zu gehen und packte alles, was an Weizenmehl noch zu haben war, in seinen Einkaufswagen. Stattliche vierunddreißig Tüten! Dazu lud er zehn Pfundladungen Salz und zwei Dutzend Speiseölflaschen. Auch beim Weizengrieß griff er nochmals kräftig zu.

Alles kein Problem, sein SUV hätte locker die doppelte Ladung transportieren können. Schnell kurvte Björn noch zum Drogeriemarkt, denn auch dort gab es Mehl. Zwar in Bioqualität, also erheblich teurer, aber das war ihm egal.

Tatsächlich erwischte er die letzten Packungen guten Roggenmehls und stolz räumte er zu Hause die Vorräte in ein Regal im Keller.

Als Ulrike - sie arbeitet als Erzieherin in einer Kindertagesstätte der Nachbargemeinde - am Abend nach Hause kam, saß Björn am PC.

Sie ging zu ihm und legte ihm die Hände auf die Schultern. Der Monitor zeigte eine gezackte Kurve, die, selbst für einen Laien erkennbar, einen sehr, sehr deutlichen Anstieg darstellte.

„Na, wie war dein Tag?"

Ulrike strubbelte ihm durch die Haare. Björn drehte den Kopf zu ihr.

„Ich habe die letzten Tüten mit Roggenmehl ergattert. Jetzt sind sie alle!"

Dann zeigte er auf den Monitor.

„Das hier, das sind die Weizenpreise an der Börse in Frankfurt. Sie sind in den letzten Wochen um ein Drittel gestiegen."

Ulrike starrte entgeistert auf den Bildschirm und zuckte die Schultern.

„Seit wann interessiert dich denn der Weizenpreis?"

Björn streichelt ihren Arm.

„Ich weiß nicht, irgendetwas läuft doch schief, oder? Wenn es mal wieder kein Mehl gibt?"

Ulrike lacht auf, wobei ihr Lachen ein wenig seltsam klingt.

„Hah, da läuft so viel schief! Bei uns sind fünf Erzieherinnen krank. Und das Verrückte ist, sie haben sich alle die neueste Schutzimpfung verpassen lassen. Da sind mir die Weizenpreise gerade ziemlich egal, glaub mir!"

Björn schließt die Grafik.

„Heute habe ich für über einhundert Euro eingekauft. Die Regale waren schon wieder leer. Ich denke, die Leute hamstern und ich weiß nicht, warum!"

Versonnen dreht er sich zu ihr.

„H-Milch, die hole ich auch noch!"

Am nächsten Morgen gibt Ulrike die Eindrücke ihres Mannes an ihre beste Freundin weiter. Die rennt gleich nach Feierabend los, nicht ohne vorher ihre Verwandten von der kommenden Lieferenge für Grundnahrungsmittel zu informieren.

Tja, und plötzlich lag ein Containerschiff im Suezkanal quer, eine Hochspannungsleitung an der Ems klappte zusammen und die Regierung veranstaltete die üblichen Verwirrspiele.

Die Benzinpreise gingen durch die Decke. Björn überlegte noch, den doch etwas üppig geratenen SUV gegen ein kleineres Auto zu tauschen, da standen die Leute auch schon an den Tankstellen Schlange.

Als Björn eine Woche später an seinem Einkaufstermin auf den Parkplatz kam, versuchten die Securityleute gerade, den Ansturm der Einkäufer zu stoppen. Sie wurden einfach zur Seite gedrängt. Und diesmal war der Laden voll! Nicht ein einziger Einkaufswagen stand in den dafür vorgesehenen Unterständen zur Verfügung!

Björn schaute verdutzt auf die Menschengruppe, die sich an den schwarzen Gestalten der Security vorbeizwängen wollte. Das waren nicht nur die Nachbarn und verstreute Pendler aus der nahen Stadt. Da waren etliche der Neubürger dabei. Nicht, dass er kein Verständnis für deren Bedürfnisse gehabt hätte. Björn hatte sogar Sprachkurse für die Zuwanderer gehalten. Aber dass die dunkelhaarigen und glutäugigen Frauen und Männer gerade jetzt hier aufkreuzen mussten?

Durften die überhaupt raus aus ihren Sammellagern?

Björn reckte den Hals. Ganz hinten, am Drogeriemarkt standen noch Einkaufswagen. Er schob sich seitlich aus dem Pulk der Drängler heraus, dann rannte er, schnappte sich gleich zwei der Schiebewagen und verwendete die beiden ineinander gesteckten Wagen gleichsam als Schiebeschild. Tatsächlich wichen die Leute vor ihm zurück, als er auf den Eingang zusteuerte und auch die Securityleute ließen ihn anstandslos passieren. Schließlich war es eine Bedingung, einen Wagen zu schieben, damit der Abstand zu den Miteinkäufern groß genug bleibt!

Und nun lässt es Björn krachen: Konserven, Kartoffeln, H-Milch, Öl, alles wandert in den ersten Korb. Den zweiten befüllt er mit Reis, Nudeln, Soßen im Glas. Dann kommen die Fertiggerichte an die Reihe. Er ist nicht wählerisch. Als letztes schnappt er sich noch einige Rollen Küchenpapier, denn das Klopapier ist natürlich wieder alle.

Mit hochaufgetürmtem Wagen reiht er sich an der Kasse ein. Alle vor ihm und alle hinter ihm haben übervolle Einkaufskörbe, hoch aufgetürmt! Schnaps, er hat den Alkohol vergessen!

Eine Ansage schallt durch die Halle:

„Besuchen Sie unsere Abteilung Heimelektronik und beachten Sie unsere Sonderangebote preiswerter Mobiltelefone!"

Björn schüttelt den Kopf. Mit so einem Quark brauchen sie den Leuten ja jetzt wohl nicht zu kommen. Er muss lange warten, bis schließlich seine Waren über das Band an der Kasse laufen.

Plötzlich geht der Strom weg. Die Kassen fallen aus, das Licht flackert kurz, dann ist es auch aus.

Ein dumpfes Raunen dringt aus den Tiefen des nur noch spärlich erhellten Gebäudes.

Die Kassiererin zuckt die Schultern.

„Wird wohl nichts, mit Ihrem Einkauf!"

Björn beginnt, die bereits durchgelaufenen Waren in den ersten Korb zu werfen. Die Verkäuferin runzelt die Stirn.

„Das geht so aber nicht, ohne bezahlen?"

Aber was will sie machen. Als sie nach der Security schreit, ist es in der Halle schon so laut, dass ihr Gebrüll im Lärm vollständig untergeht. Björn hat den ersten Wagen nun frei, den zweiten rammt er gegen den ersten, und dann macht er sich mit seiner Beute davon. Die Kassiererin kommt aus ihrer Bucht, aber als sie das Chaos an den anderen Kassen sieht, winkt sie nur ab.

Eine Kasse weiter schlägt die Kassiererin, eine mächtige Matrone, auf eine kleine dunkle Frau ein. Verzweifelt schnappt die Kleinere nach ihren

Nudelpackungen, während die Dicke alles wieder auf das Band wirft.

Nach einigen bösen Karambolagen erreicht Björn den Eingangsbereich.

Wenigstens steht sein Auto etwas abseits, so dass er in Ruhe die wertvollen Waren einladen kann.

Er tastet nach dem Autoschlüssel. Verdammt, der ist nicht da!

Jetzt klopft er verzweifelt die Taschen ab, bis ihm klar wird, dass der Schlüssel bei dem ganzen Gezerre verlorengegangen ist. Er könnte heulen.

Aber was hilft es, er muss nochmal rein ins Gewühl! Sichernd dreht er sich, schiebt die Wagen in die Deckung hinter sein Auto und dann rennt er los.

Inzwischen ist das Licht wieder an, die Kassen laufen auch wieder, allerdings hat nun keiner der Wartenden mehr die Absicht zu bezahlen. Sie schieben die Vorderen in der Schlange einfach an den Kassen vorbei. Wäre das Licht nicht angewesen, Björn hätte den Schlüssel niemals wieder gefunden. So aber krault er quasi von Kopf zu Kopf auf die Kasse zu, an der er das Portemonnaie aus dem Anorak gezogen hatte. Da, auf den hellen Fliesen sieht er seinen Schlüssel. Allerdings muss er nun das Rudern mit den Armen unterlassen und prompt wird er zu Boden gestoßen. Wenigstens tritt ihm keiner der Securities auf die Finger, nur ein zarter Mädchenfuß nagelt seine Hand an den Boden, als sich sein Griff über dem Schlüsselbund schließt.

Es riecht ein wenig muffig hier unten, zwischen den Beinen der Drängler. Plötzlich schlägt ein frischer Blumenkohl neben ihm auf. Ein Prachtexemplar, um genau zu sein. Gezogen in spanischen Foliengewächshäusern, gereist über mehrere Grenzen, gereift in dunkler Kiste, während ungewisser Wartestunden und schließlich hier auf die Fliesen geschmissen?

Björn klemmt sich den Kohlkopf unter den linken Arm und nach dem Erhalt einiger Tritte steht er wieder.

Als er vor der Tür ankommt, atmet er tief durch. Auf diese Weise möchte er nicht noch einmal einkaufen!

Eine Sirene ertönt. Oh Mann! Björn rennt um die Ecke. Hinter seinem Auto ist ein zweites vorgefahren. Ein kleines japanisches Wägelchen nur, aber zwei zierliche junge Männer laden gerade die Nahrungsmittel aus seinen Einkaufswagen ein. Björn brüllt:

„Ihr Untiere!" Und während er noch auf die jungen Männer zu rennt, wird er noch etwas präziser:

„Ihr schwarzen Untiere! Lasst die Finger von meinem Essen!"

Die Jungen sehen, dass mit dem auf sie zustürmenden Kerl nicht gut Kirschen essen sein würde. Sie springen in ihr Auto, die Türen knallen und weg sind sie. Hätten Sie das anders gemacht? Bei so hohem Verletzungsrisiko? Wahrscheinlich nicht.

Wutschnaubend steht Björn vor den Resten seines Einkaufs. Naja, ungefähr die Hälfte der Waren ist noch drin und das ist immer noch genug für die nächste Zeit.

Aber wie soll es weitergehen? Darüber müssen sich Björn und Ulrike wohl noch etwas öfter den Kopf zerbrechen.

Bernstein

Ist es noch Ostsee? Ist es schon Nordsee? Die dänische Insel Fyn liegt zwischen dem Atlantikzipfel der Nordsee und dem Binnenmeer der Ostsee und für die Anlandung der schwimmenden Bernsteinstücke, die meist aus den Spülgebieten der östlicheren Küsten ausgewaschen werden, ist sie wohl gerade nicht bekannt.

Trotzdem begann hier die Geschichte, die ich Ihnen jetzt erzähle, denn als wir, wie jeden Morgen im Urlaub des vergangenen Herbstes, am dortigen Strand entlanggingen, fragte mich meine Frau, ob das ein Bernstein wäre, den sie mir hinhielt.

Ich schaute nur kurz auf die kleinen quarzigen Adern – es handelte sich offenbar um einen kleinen gelben Kiesel – als ich, an der Hand meiner Frau vorbei, einen unscheinbar stumpfen typisch bernsteinfarbenen Klumpen neben dem Seetang auf dem Sand bemerkte.

„Das ist ein Bernstein!" sagte ich, bückte mich und hob ihn auf.

Nun ist die Ostsee nach dem Krieg ein gewaltiger Müllabladeplatz gewesen. Wenn man Munition und Giftgastonnen als Müll betrachten will. Es liegen jedenfalls hunderttausende Tonnen phosphorhaltigen Bombeninhalts auf dem Grund der See und diese Tonnen haben den Grenzwert ihrer Haltbarkeit erreicht.

Sie gehen also auf und geben den Dreck, der in ihnen transportiert wurde, an das Meerwasser ab. Dummerweise sieht eines der Kampfgase – ich glaube es wurde damals als Lost bezeichnet, noch im ersten Weltkrieg hieß es Senfgas – in seiner festen Form unserem begehrten Naturprodukt Bernstein täuschend ähnlich und hat schon für schwere Unfälle mit dem vermeintlichen Bernstein gesorgt.

Deshalb nehme ich Bernstein zunächst in einem Marmeladenglas mit Schraubdeckel in Quarantäne.

Dort, am Ufer der Insel Fyn, hatten wir kein Glas dabei, aber bis zu unserem Urlaubsquartier waren es nur wenige Schritte. Der Bernstein konnte in Ruhe auf dem Tisch vor der Veranda trocknen. Es handelte sich also nicht um Lost, das Steinchen ging uns nicht verloren!

Später habe ich ein Herz daraus geschliffen, ein kleines Loch hineingebohrt und einen Anhänger aus Silberdraht eingeklebt. Wunderbar warm schmiegt sich das kleine warmgelbe Herz nun unterhalb der zarten Halsdelle an die Brust meiner Frau. Einen besseren Platz kann ich mir nicht vorstellen!

Irgendwie kam uns bereits auf der Insel Fyn zu Ohren, dass mit UV-Licht der Bernsteinsuche in der Nacht gehörig auf die Sprünge geholfen werden könnte, denn die Dinger fluoreszieren in Schwarzlicht.

Wir beschafften uns also mehrere kleine Handlampen und probierten die Sache aus. Tatsächlich: das Bernsteinherz leuchtete im dunklen Kellergang wie ein Briefkasten, so gelb!

Dummerweise wohnen wir doch etliche Kilometer von den Ostseestränden entfernt, an denen die verheißungsvolle Fracht durch die Wellen abgeladen werden soll. Im Internet kann man sich ja inzwischen zu jedem Thema jede Meinung einholen und so erfuhr ich dort, dass es besonders am Weststrand, bei Prerow, besonders üppige Bernsteinfelder gäbe. Bis dahin sind es von uns aus etwa einhundert Kilometer, also musste die Tour etwas warten.

Dafür probierten wir die Suche zunächst in Lubmin, in Trassenheide, ja sogar an unsere Badestelle vor der Insel Riems aus. Die Stellen wurden spätabends abgeleuchtet. Natürlich, die Sache funktionierte. Allerdings waren die Bernsteine, die wir fanden, ziemlich winzig. Als unsere Enkelin in Lubmin nach den Steinchen suchte, polkte sie selbst allerkleinste Partikel aus dem Spülstrand.

Unser Marmeladenglas enthielt inzwischen einige Dutzend millimeterkleiner Steinchen und die reichten bei weitem nicht aus, den Boden zu bedecken! Also wurde die Reise zum Eldorado Weststrand immer dringlicher. Zumindest für mich! Meiner Frau war das Jagdfieber inzwischen weitgehend abhandengekommen.

Mir gehen die Furzideen nicht ganz so schnell aus, und weil unsere Tochter ebenfalls gern Strandspaziergänge unternimmt, ließ sie sich gern von mir zu einer Suchtour auf dem Darß überreden.

Die Tage wurden wärmer, die ersten Frühlingsstürme waren vorüber, die Vollzirkulation war durch. Sagt Ihnen Vollzirkulation etwas? Das ist der Moment, wo alles Seewasser vier Grad Celsius hat. Genau in diesem Moment kann sich das dichteste und damit schwerste Wasser, nämlich das von vier Grad Celsius, nicht am Grund des Meeres halten. Das ist die Anomalie des Wassers: nicht das kälteste Wasser ist das dichteste und damit schwerste, sondern eben das von vier Grad. Genau deshalb schwimmt Eis obenauf!

Aber das nur nebenher.

Wenn alles in der See durcheinandergewirbelt wird, geht natürlich auch die Anzahl an schwimmendem Bernsteinen in die Höhe.

Vollzirkulation und Sturm waren also vorüber, und der Strand des Darß musste voll von Bernstein liegen! So dachte ich.

Also fuhren wir los: Meine Tochter nahm ihren Hund mit, ich nahm meinen Hund mit und knappe zwei Stunden später parkten wir auf einem einsamen Parkplatz: ganz und gar menschenleer, aber mit etlichen Erklärungs- und Hinweisschildern versehen, zeugte er davon, dass es hier, mitten im Walde, nicht immer so einsam zuging.

In einiger Entfernung rauschte das Meer, und wacker stiefelten wir an abgesoffenen Gräben und mickrigen Kiefern entlang, bis wir die Hunde am Strand toben lassen konnten.

Dann funzelten wir los und durchsuchten den Spülsaum in Richtung Leuchtturm.

Wir fanden nichts. Schritt für Schritt leuchteten uns im miesen Licht der UV-Lampen unzählige Muscheln entgegen. Schritt für Schritt sank unsere Hoffnung. Dabei muss es hier Bernstein geben, oder besser gegeben haben, denn im Bernsteinmuseum von Ribnitz oder Damgarten kündet ein Zweieinhalbkilobrocken davon: Die Sage vom Eldorado ist wahr! Es gibt sie noch, die sagenhaften Funde!

Naja, als wir ganz am Boden und kurz vor der Wendestelle der Hoffnungslosigkeit ankamen, leuchtete der Strand! Susann hatte einen Börner gefunden! Sofort verschob sich unsere Wendestelle in Richtung Leuchtturm. Aber es blieb dabei: Meter um Meter, Schritt für Schritt bestätigte sich, dass der Strand leer und öde war. Da half auch kein UV-Licht. Die seltsam floureszierenden Steine mochten überall sein; hier am Strand jedenfalls lagen sie nicht.

Aber das störte uns nicht, denn wir hatten ja diesen Einen, der so hell und gelb strahlte! Das war selbst mir unbekannt, ein solches Leuchten aber auch! Sie kennen doch bestimmt die Trickfilmserie mit dem Bart Simpson? Dem ist doch so ein gelber Brocken von einem Brennstab in die Hose geraten! Genauso leuchtete unser Einziger!

Von Zeit zu Zeit forderte ich meine Tochter auf, das Steinchen vorzuzeigen: da lag es, sicher auf dem Boden des Marmeladenglases und leuchtete geheimnisvoll und strahlend gelb im anregenden Licht der UV-Strahler!

Mit einem Grinsen im Gesicht absolvierte ich den Rückweg. Ich kann nicht für Susann sprechen, aber ich war absolut glücklich und erfand gleich eine Steigerung der Wirkung für unseren Super-börner, der auf ein Piedestal müsste, um seiner ungeheuren Strahlkraft gerecht zu werden…

Als wir am Auto ankamen, zogen wir die Gummistiefel aus. Die Hunde mussten auf ihre Plätze, die Hände wurden warmgerieben. Dann schaltete ich die Deckenbeleuchtung ein.

„So! Nun zeig mal das gute Stück!" sagte ich.

Susann fummelte das Marmeladenglas aus ihrer Jackentasche und hielt es unter die Deckenlampe.

Verdammt! Der Stein war blau! Sie schraubte das Glas auf und schnupperte an ihm.

„Der riecht nach Pfefferminz! Das ist ein Bonbon!"

Jetzt besah sie sich das Steinchen genauer.

„Und so schön rundgelutscht. Hat fast die Form von einem TicTac!"

Unser Johlen war fast ein wenig traurig, jedenfalls flog das Lutschergebnis in hohem Bogen aus dem Fenster.

Am nächsten Tag haben wir uns darüber etwas geärgert, aber nochmal fast zweihundert Kilometer wollten wir auch nicht fahren, bloß um dann ein blödes Pfefferminzbonbon auf ein Piedestal zu kleben, um es ab und zu leuchten zu lassen, wie ein Stück Brennstab von Bart Simpson?

Nein! Das machen wir nicht!

Reisen

Sind Sie schon einmal abgetrieben worden? Haben Sie jemals im Leben erlebt, wie Sie nicht mehr wissen, in welche Richtung Sie sich bewegen wollten? Ich kann Ihnen sagen, das ist kein schönes Gefühl und oftmals ist es mit Lebensgefahr verbunden.

Das letzte Mal, als wir auf unserem kleinen Boot einige solcher Minuten erleben mussten, hatten wir Glück: der Motor, der plötzlich, kurz vor den künstlichen Steinbuhnen vor Dranske aussetzte, sprang gerade noch so rechtzeitig wieder an, dass wir die Kollision mit den unangenehmen und furchtbar scharfkantigen Steinquadern vermeiden konnten. Auch das Abtreiben beim Schwimmen stelle ich mir alles andere als lustig vor, obwohl mir selbst das noch nie passiert ist. Zwar hat mich manche Welle umgerissen und ein wenig am Grund im Sand kugeln lassen, aber ich bin immer rechtzeitig wieder aufgetaucht.

Viel weniger glatt ging die Sache, als ich auf die glorreiche Idee kam, die vielen Wasserbetten, die nach der Schließung unseres Wasserbettenstudios übrig blieben, mit Helium zu füllen, um den Wohnwagen - samt Wasserbetten, versteht sich -, vor dem Zugriff des Gerichtsvollziehers zu schützen. Schließlich waren wir ja nicht absichtlich in die Lage gekommen, die Miete für den kleinen Laden nicht mehr zahlen zu können, denn die Schließung war uns verordnet worden! Das Virus, Sie wissen!

Unsere Gasstation jedenfalls hatte noch offen, denn Gas gehörte zu den Dingen des täglichen Bedarfs, nicht so, wie unsere Wasserbetten, die genau das nicht tun.

Ich kratzte alles an Bargeld zusammen, an welches ich herankommen konnte. Sie glauben nicht, wie teuer Helium heutzutage kommt! Wenn Sie mir das nicht abnehmen wollen: Lassen Sie sich einfach einige Luftballone an Ihrer Gasstation befüllen! Sie werden Augen machen! Und Sie haben ein Geschenk für Ihre Kinder oder Enkel, welches Sie zum Stargast der Party machen wird, wenn Sie eine durchführen dürfen. Beachten Sie bitte die Veröffentlichungen Ihres Bürgermeisters oder Landrates, denn es kann leicht sein, dass die Party ohne Sie stattfinden muss!

Ich hatte also die Nase voll von den Rechnungen, die ins Haus flatterten und von den angekündigten Pfändungsandrohungen. So hatte ich die Idee, die Güter, die in unserem Haushalt noch einigermaßen Wert besaßen, etwas höher zu hängen.

Tatsächlich dachte ich an eine Höhe von etwas mehr als zehn Metern, denn auch lange Leinen können sehr teuer sein, wenn der Kontostand an der unteren Dispogrenze angekommen ist.

Zunächst band ich also einige Dutzend der Wasserbettenhüllen auf unseren fast nagelneuen Wohnwagen und verzurrte das Paket großzügig mit Spanngurten. Unser Nachbar hat eine Spedition. Da bei ihm die Auftragslage ebenfalls nicht gerade rosig aussah, wies er nur gelangweilt ins dunkle Eck, als ich mir einige der Gurte ausborgen wollte.

„Nimm dir, so viele du brauchst!" sagte er.

Und das tat ich.

Nach dem Befüllen der Wasserbettenhüllen sah die Konstruktion zugegebenermaßen tatsächlich abenteuerlich aus. Aber sie erfüllte offensichtlich ihren Zweck, denn unser Wohnwagen begann gewaltig an den Verankerungsleinen, die ich ihm verpasst hatte, zu ziehen. Man hätte glatt Gitarre darauf spielen können.

Als ich am Abend einen Warnanruf über den bevorstehenden Besuch des Gerichtsvollziehers bekam - eine Freundin meiner Frau ist dort Sachbearbeiterin -, packten meine Frau Elsa und ich unsere wichtigsten Sachen zusammen, wobei wir uns wegen des Gewichtes sehr stark einschränken mussten, wie Sie sich denken können.

So durfte sich jeder von uns nur eine einzige Tüte packen. Ich nahm mir ein Buch mit, zwei Schlüppis, zwei Paar Socken, einen Pullover und eine Hose zum Wechseln. Die Daunenjacke zog ich an und das war sehr schlau, wie sich später herausstellte. Meine Frau lud sich das Buch der Familie ein, einen Fotoband und ihr geliebtes Strickzeug. Dazu kamen bei ihr bestimmt fünf Schlüppis usf., denn ihre Tasche sah sehr viel dicker aus als meine.

Bevor ich die Leinen, bis auf die eine, die mit der Zehnmeterlänge, kappte, dachten wir glücklicherweise an unseren Hund, der mir später dafür das Leben retten sollte!

Wie gesagt planten wir eigentlich keine Reise, sondern wir wollten nur die Wasserbetten und den Wohnwagen vor dem Besudeln mit dem berühmten Kuckuck bewahren! Ich dachte, ich hoffte, dass unsere Aktion bestimmt genügend Aufmerksamkeit erzielen würde, um wenigstens eine Stundung der Pfändung zu erreichen. Und wer weiß, vielleicht würde die mediale Aufmerksamkeit dazu führen, dass wir wieder etwas Geld verdienen könnten.

Immerhin habe ich in letzter Zeit nichts mehr von fliegenden Wohnwagen oder ähnlichem unkonventionellem Reisegerät gehört.

Als die Mauer noch stand, war das anders: alle Nasen lang flog jemand an einem Ballon, angetrieben von einem Trabbimotor oder ähnlichen abenteuerlichen Fluggeräten über die innerdeutsche Grenze. Aber heutzutage? Da geht doch kaum einer mehr in die Luft, um auf seine Probleme aufmerksam zu machen, oder?

Als Elsa die Tasche mit den Lebensmitteln in der Hand, die Tür zum Wohnwagen schloss, fiel mir noch die Hundeleine ein.

„Hast du die Hundeleine mit?"

Sie hatte. Ich öffnete also die Fenster und schnitt die Halteleinen bis auf eine ab. Tatsächlich ging das Ding hoch wie eine Eins. Als wir uns in die Schlafecke kuschelten, stand es sogar einigermaßen gerade. Der Hund rutschte auf der entgegengesetzten Seite unter den Tisch. Als wir ihn zu uns riefen, war das Gleichgewicht hergestellt.

Sanft schwoite unser Wagen ein wenig über unserer Esche.

Ein wenig ängstlich küssten wir uns. Zehn Meter können schon ganz schön hoch sein! Ich sah jedenfalls nur ungern aus dem Fenster.

Trotzdem schliefen wir verhältnismäßig ruhig, denn das Schaukeln waren wir von den Nächten auf unserem kleinen Boot her gewohnt. Nur die Schräglage, wenn wir uns gleichzeitig in die gleiche Richtung bewegten, die war etwas gewöhnungsbedürftig. Elsa hat es nicht gern, wenn ich ihr beim Schlafen zu dicht auf den Pelz rücke. Genau das ließ sich aber nicht vermeiden, denn entweder sie rollte mir in den Rücken oder andersherum. Später haben wir das ganz gut gelöst, indem jeder seine eigene Koje bekam. Aber ich greife vor.

Am nächsten Morgen also versuchten wir zunächst, die ganze Kiste so zu trimmen, dass uns der Kaffee nicht aus den Tassen schwappt. Es war nicht einfach, das sage ich Ihnen. Letzten Endes führten wir für jeden von uns eine Art Bewegungskreis ein. Alles musste sich in erreichbarer Nähe befinden, und als wir so weit waren, dass wir die Sache halbwegs im Griff hatten, neigte sich der ganze Laden aus unerklärlichem

Grund. Na, wir kamen bald dahinter, dass der Gerichtsvollzieher versuchte, uns zurück an den Boden zu zerren. Aber selbst als sich sein Gehilfe mit an das Seil hängte, schafften es beide nur, unser Fluggerät stärker zur Seite zu neigen. Leider kam ich dadurch in Panik, denn bei genauerer Überlegung wäre ich darauf gekommen, dass es die beiden Nasen allein nie geschafft hätten, uns zu erden.

Aber leider geriet ich in Panik, und ich möchte mich in aller Form bei den Männern entschuldigen, weil sie, als ich das Fenster öffnete, leider einen großen Teil unseres Geschirrs auf den Kopf bekamen. Schließlich machen die Leute ja auch nur ihre Arbeit. Ich sah also Blut fließen und ich hoffe, dass es sich nur um Bagatellschäden handelte. Dann schnitt ich die letzte Halteleine durch. Wir gingen ab, wie ein Zäpfchen! Oder besser wie der Pfeil von der Bogensehne. Das vertrug ich nun überhaupt nicht, so dass ich mich aus dem Fenster heraus übergeben musste. Naja, es war zum großen Teil nur schwarzer Kaffee und überhaupt: vielleicht hat der die Männer ja nicht getroffen.

Die Dinge unter uns wurden sehr schnell sehr klein. Ich begann darüber nachzudenken, wie wir mit unseren Energiereserven die Steuerung der Bewegungsrichtung in den Griff bekommen könnten. Immerhin haben wir einige wenige Kilowattstunden in der Bordbatterie und einen Föhn hatten wir ebenfalls mit. Aber was konnten wir schon mit eintausend Watt gegen die konzertierte Aktion des Hochs Margarete und des Tiefs Quasimodo tun? Ich kann es Ihnen gern verraten, und Sie werden es sicher aus den Eingangsbemerkungen ableiten: nichts! Wir waren den Naturgewalten hoffnungslos ausgeliefert!

Früher wurden die Zeppeline mit Wasserstoffgas befüllt. Wasserstoff ist ein sehr reaktionsfreudiges Gas und wenn man nicht aufpasst, explodiert es. Helium dagegen ist absolut sicher. Leider sind die Heliumatome auch etwas größer als die des Wasserstoffs und so sind Gummihüllen sehr viel wirksamer gegen den langsamen Schwund!

So lange wir in Richtung Süden abgetrieben wurden, war ich zunächst ganz optimistisch: Wenigstens würden wir nicht erfrieren müssen.

Mit einigem Schwung bewegten wir uns also in südlicher Richtung, die Seenlandschaft zog unter uns durch und einige Städte erkannten wir an ihren markanten Kirchtürmen.

Dann kam die Nacht. Diametral bewegten wir uns zu unseren Kojenplätzen. Das ging gut, unser Fluggerät schlug nicht um. Den Hund mussten wir anleinen, denn sonst wechselt der immer mal den Schlafplatz.

Am nächsten Morgen schien die Sonne. Ich musste pullern, setzte mich an die Kojenkante und kratzte mir den Kopf. Dann öffnete ich die Tür. Der Hund sprang wie gewohnt mit einem Satz ins Freie.

Wie gesagt, wir hatten ihn angeleint. Da hing er einige Meter unter dem Wohnwagen und vorsichtig holte ich ihn wieder ein. Bloß gut, dass er noch so schnell ist, denn ich wäre wie eine Lenkrakete bis in die Erde gefahren, denn schließlich hätte keine Leine meinen Sturz gestoppt!

Von da an hielten wir die Tür lieber fest verschlossen! Unsere Abprodukte ließen sich schließlich aus dem Fenster entsorgen. Und so kam wieder der berühmte Eimer des Kapitäns zu Ehren. Alle, die wir auf unserer unfreiwilligen Reise bekleckerten, mögen uns bitte verzeihen. Aber vielleicht haben es die Betroffenen ja auch gar nicht bemerkt!

Der nächste Tag verging ohne besondere Vorkommnisse. Allerdings machte sich langsam eine

Luftströmung bemerkbar, die uns in Richtung Westen trieb.

Am Tag darauf wurde es furchtbar diesig und wir konnten nicht mehr erkennen, in welche Richtung die Reise ging. Erst tauchten in nicht allzu großer Entfernung Bergkuppen auf. Tannenspitzen reckten sich aus dem Nebel und auf einer kahlen Höhe stand ein großes Schild: „Willkommen auf dem Rehberg!"

Wo, verdammt, ist der Rehberg? Wohin waren wir abgetrieben.

Die nächste Nacht wurde furchtbar kalt. Träge schimmerten die Wolken im Mondlicht. Elsa schlief schlecht, denn der Mond schien ihr genau ins Gesicht.

Ich hielt den laufenden Föhn aus dem Fenster und immerhin drehte unser Fluggerät ein wenig bei. Von da an schlief sie etwas besser.

Dann griff das Hoch Margarete in das Geschehen ein: unsere Flugrichtung änderte sich. Es ging wieder in Richtung Norden. Ich schaute lange aus dem Fenster. Majestätisch zogen schneebedeckte Berge vorüber; ein Gipfelkreuz reckte seine metallischen Arme nach uns armen Treibenden.

Als der Morgen kam, lagen die Berge schon weit hinter uns und die Weinberge des Südwestens zogen unter uns dahin. Schiffe fuhren auf den größeren Flüssen. War es der Rhein, über den wir flogen? Ich nehme es an.

Stunde um Stunde schauten wir nun gemeinsam aus dem Fenster. In einer Stadt entdeckte uns eine Schulklasse und die Kinder winkten uns zu.

Das Land wurde wieder flacher. Was, wenn uns Margarete auf das Meer hinaus trüge? Ich überlegte, wie ich das Helium aus dem Wasserbett direkt über uns wieder loswerden könnte. Das schöne teure Gas! Ja, klar, ich könnte einfach durch die Dachluke in den Gummi stechen, dann würden wir schon wieder landen! Allerdings kämen wir nie wieder hoch, denn kaputt ist kaputt.

Also fummelte ich aus dem Fenster nach dem Ventil des Bettes. Ja, ich konnte es erspüren!

In der Nacht drehte der Wind erneut. Die Fahrt ging nun wieder in Richtung Osten.

Als es wieder hell wurde, war weit und breit kein Meer in Sicht! Einige Seen blinkten unschuldig.

War das etwa Malchin dort am Ende des Sees? Dahinter der Kummerower See? Der Franzberg daneben, die Peene, das blinkende Band, welches sich in der Ferne in Richtung Osten verlor? Sah ganz so aus. Ich weckte Elsa und gemeinsam bestaunten wir unser gelobtes Land: es hatte uns wieder! Vorsichtig öffnete ich das Ventil und zischend entwich das Edelgas. Langsam senkte sich unser Behelfszeppelin zur Erde.

Am östlichen Ufer des Kummerower Sees befindet sich ein Campingplatz: Sommersdorf. Ich bin kein Luftschiffer, aber die Wiese neben dem Campingplatz, die habe ich doch getroffen.

Der Campingplatz war wegen der Viruskrise geschlossen. Ganz am Rande der ungenutzten Dauercampingplätze steht ein kleiner Wohnwagen mit ziemlich großen, ballonartigen Wülsten auf dem Dach. Das ist unser geheimes Domizil, und glauben Sie mir, wenn es aus irgendeinem Grund wieder ernst wird, blase ich mit der letzten Heliumflasche, die uns verblieben ist, das unterste Wasserbett einfach wieder auf. Wer weiß, ob wir dann jemals wieder kommen!

Grün, Grün, Grün

Er hatte ihr niemals versprochen, dass das Leben auf der kleinen Insel leicht sein würde. Ganz am Anfang, als ihre Liebe noch jung war, empfanden sie beide die Schönheit, die sie umgab, mit allen Sinnen. Da war das Brummen der Hummeln im Frühling, wenn die wenigen Apfelbäume gleich im Garten hinter der kleinen Brücke zu blühen begannen, da waren die Schreie der Möwen im Sommer, wenn sie ihre Gelege an der Ostspitze der Insel verteidigten und die tapsigen Küken der Blesshühner, die im Kanal mit emsigem Nicken ihrer Köpfchen den Eltern folgten. Da war der schwere Duft des Heus, wenn sie ihre kleine Ernte einbrachten. Ja, und schließlich waren da auch die klirrend kalten Winde, die das Haus scheinbar ächzen ließen.

Das Dach über dem Stall wurde an einigen Stellen schon undicht und das Gebälk und die Dielung ihres Schlafzimmers knackten, wenn sich die Balken in den Nächten zusammenzogen.

Ohne zu klagen stand Roland am Morgen auf, um die Zisterne, die sie gemeinsam auf den Dachboden geschleppt hatten, damit Bettina wenigstens in der Küche gleichmäßig stark fließendes Wasser hatte, zu befüllen.

Seit einigen Tagen war nun der gereinigte alte Brunnen in Betrieb, nachdem die Wasserversorgung vom Festland aus eingestellt wurde. Die Leitung war zu lang und das Wasser kam so verdreckt an, dass sie das Kind nicht mehr in der bakteriell verseuchten Brühe baden mochte. Die Gefahr, der Kleinen durch Legionellen eine ordentliche Infektion zu verpassen, war einfach zu groß!

Eine Zeit lang stellte der Wasserversorger ihnen einen Tankwagen zur Verfügung, der Woche für Woche gespült und neu befüllt wurde. Aber besser als das Wasser aus der versifften Leitung fand Bettina dieses Verfahren auch nicht.

Blieb ihnen also nur, den alten Brunnen zu reinigen, und die Wasserversorgung über das alte Rohrnetz wieder in Betrieb zu nehmen.

Roland war tagelang in den düsteren und kalten Brunnenschacht geklettert, um Eimer auf Eimer den abgesetzten Schlamm des jahrelang unbenutzten Brunnens heraufzuholen.

Zunächst gaben die alten Leitungen ebenfalls nur eine rostrote Brühe her. Doch von Tag zu Tag besserte sich die Wasserqualität und die Zisterne unter dem Dach war der Versuch, wenigstens den Wasserdruck ein wenig konstant zu halten, denn das ständige Nachpumpen, verbunden mit einem an- und abschwellenden Wasserstrahl aus der Leitung ging der Hausfrau echt auf den Zünder!

In manchen Nächten, wenn Marieke geweint hatte und der Wind wieder um die Häuser zog und die losen Holzfensterläden klapperten, dann war es aus mit der Idylle, hier auf der Insel Koos!

Dann wäre Bettina am liebsten wieder in Richtung der nahen Kreisstadt verschwunden.

Und das, obwohl Roland wirklich ein fürsorglicher Vater war. Große Sprünge konnten sie zwar nicht machen, dafür war das Geld, das die Stiftung an ihren Naturschützer auf der Insel zahlte, nun doch viel zu gering. Aber andererseits, was konnten sie hier auf der Insel schon ausgeben?

Viel Natur umgab sie. Die hatten sie schließlich umsonst und die Aufmerksamkeit der Medien ebenso.

Denn ein solch abgeschiedenes Leben, weit hinter dem Land ohne Ende und noch weiter weg von der Sperrgrenze, die die Naturschutzbehörde im Vorfeld der Insel gezogen hatte, das hatte schon etwas Einsiedlerisches, was den Leuten im Fernsehen gefiel! Roland hatte in einem Interview voller Stolz darauf verwiesen, dass er auch für eine Million Euro sein Leben als Naturschützer hier auf der Insel nicht tauschen mochte!

Ja, er hatte sein Tun und die kleine Familie, also Bettina und Marieke, sorgten für die abendliche gemütliche Stimmung, wenn der große Jäger und Heger nach Hause kam, um sein müdes Haupt zu betten.

Anfangs war Bettina ebenfalls stolz auf ihren so medienwirksam präsentierten Mann, auch wenn ihr Altersunterschied doch sehr erheblich war. Aber Roland hielt sich gerade und die täglichen Jagdtouren mit den beiden Hunden hielten ihren Jägersmann fit.

Sie gewöhnte sich an die Jagdaufgabe ihres Mannes ebenso, wie an die vereinzelten Schüsse, die über die Insel peitschten, wenn ihr Gatte wieder einen der Füchse erlegte. Was hatten die kleinen hundeartigen Jäger schließlich auf ihrer Insel, die dem Vogelschutz gewidmet war, zu suchen?

Nach den Schüssen hängte Roland die getöteten Tiere im Stall an einen Haken, denn die Naturschützer in der Stadt machten die Prämienzahlung von der Anzahl der erlegten Tiere abhängig.

Die Forscher unter ihnen weideten die Tiere aus und untersuchten ihre Mägen, um festzustellen, was die Füchse gefressen hatten. Und sie wollten wissen, ob sich die Abschüsse auf die Gesamtpopulation auswirkten, denn die Statistik sagte ihnen, dass auf und um die Vogelschutzinsel herum die Anzahl der kleinen Räuber zehnmal so hoch sei wie auf dem Festland.

Sogar von den Eisbrechern her, die in den strengen Wintern die Fahrrinne freihielten, konnte eine intensive Wanderbewegung zwischen Insel und den angrenzenden Küstenlinien beobachtet werden.

Wenn Roland seinen Dienst für den Naturschutz beendet hatte, saß er oft noch spät bei Marieke, und Bettina hörte, wie er dem kleinen Mädchen vorsang:

„Grün, grün, grün sind alle meine Kleider; grün grün, grün ist alles was ich hab!"

Dann lächelte die junge Mutter, dann war sie versöhnt mit ihrer Situation hier in der Einsamkeit.

Doch obwohl Roland tatsächlich ein sehr erfahrener Jäger war, machte er eines Tages einen entscheidenden Fehler: Er wagte sich ins Schilf.

Nun folgen Hunde und Jäger oft gemeinsam angeschossenen Tieren. Die Hunde stellen das Wild und der Jäger tötet die waidwunden Tiere mit einem kleinkalibrigen Gewehr.

In den letzten Jahren suchten neben den Füchsen allerdings auch Wildschweine Deckung in den wundersam geschützten Flächen der Schilfrohrbestände, die gleichzeitig genug Vogeleier und Küken boten, um den Eiweißbedarf ganzer Rotten zu bedienen.

Die Jäger, die die Gefahr kennen, die von angeschossenen oder bedrängten Wildschweinen ausgeht, benutzen eine Art Schnittschutzhose, wie sie auch die Baumfäller anziehen, wenn sie sich vor den Zähnen der eigenen Motorsäge schützen wollen. Denn die Hauer der Wildschweine sind scharfe und tödliche Waffen und genauso heißen die Trophäen auch, die die Wände mancher Jagdhütte schmücken: Waffen!

Roland muss sich jedenfalls der Gefahr nicht bewusst gewesen sein, als er in das Schilf trat.

Über seine letzte Aktion ist nichts weiter bekannt, als dass er an diesem Abend nicht nach Hause kam. Ein Wildschwein hatte ihn angegriffen und seine Beinarterie zerfetzt. In nur wenigen Minuten verblutete er im Schilf, unweit seiner geliebten selbstgebauten Aussichtsplattform.

Inzwischen leben Bettina und Marieke wieder in der Stadt. Nur ein Tierarzt und seine Familie trotzen noch der Einsamkeit auf der Insel.

Auf die Jagd geht von dieser Familie niemand.

Decke tapezieren

Alle Jahre wieder droht dem braven Hausmann Gefahr: Die Hausfrau stellt fest, dass es an der Zeit sei, diesen oder jenen Raum zu renovieren.

Bei uns war es diesmal eins unserer sogenannten Kinderzimmer.

Nun ist das Anstreichen eines Kinderzimmers an sich ja kein Akt, aber gewarnt durch etliche Voraktivitäten zog ich diesmal doch ernsthaft die Inanspruchnahme von Lohnarbeitern in Erwägung.

Mein ehemaliger Kollege Ralf zum Beispiel ist ein guter Handwerker. Leider wissen das sehr viele Leute, und nein sagen kann er auch nicht. Deshalb hat er sehr wenig Zeit und bei meiner Anfrage, ob er mal schnell die Decke unseres Kinderzimmers tapezieren könne, sagte er zwar ja, doch beim Aushandeln des Termins stellte ich die Sinnlosigkeit des Unterfangens fest.

Blieb der Sohn unseres Freundes, Robert, der Maler von Beruf ist. Meine Frau, sie wissen ja, sie heißt Elsa, ist seine Nenntante. Sie war sofort

Feuer und Flamme. Wir luden also unseren Hund Billi in das Auto und besuchten unseren Freund, der gemeinsam mit seinem Sohn in einem Haus in einem nahen mittelgroßen Dorf wohnt.

Die Lage ist idyllisch. Ein Bach plätschert vorbei und ein steiler Hang begleitet seinen Mäanderlauf. Einfach klasse, die Lage dort am Hellbusch! Gleich nebenan hat sich zwar ein ewiger Baumeister angesiedelt, doch weil der nicht vorwärts kommt, ist die Lärmbelästigung durch den Nachbarn nahe null. Aber ich schweife mal wieder ab. Wir fuhren also die Plattenstraße hinab in Richtung des Hellbuschs, und schon von weitem war zu erkennen, dass wir auch hier keine Hilfe bekommen würden. Die Hälfte des Daches war abgedeckt und Robert nagelte auf der anderen fleißig neue Schindeln an.

Wir erläuterten nach der Begrüßung unseren Bedarf an Arbeitskraft zwar noch und auch die Reaktion Roberts war eher positiv.

„Klar helfe ich euch, Tante Elsa!"

Bloß, ohne Dach geht es schließlich nicht und die Prioritäten waren klar.

Auf dem Rückweg kauften wir einen kleinen Eimer Deckenfarbe, denn bis dahin wollten wir den Aufwand noch gering halten. Notgedrungen aber voller Optimismus planten wir die Sache eben in Eigenregie. Mal wieder! Und, obwohl ich es besser wusste!

Ich hatte einfach die Nase voll, als Bittsteller verschiedene Handwerker am Arsch zu lecken, auch wenn das Freunde waren!

Also trugen wir unser Farbeimerchen in das Kinderzimmer. Unsere Kinder sind längst außer Haus; dadurch wäre der kleine Raum mit seinen gerade mal fünfzehn Quadratmetern wohl am ehesten eine Rumpelbude geworden. Aber unser ältester Sohn hat eine Tochter, die Anna, die schläft ganz gern in diesem Zimmer. Es handelt sich also mehr oder weniger um ein Enkelzimmer! Da standen wir und schätzten die aufzuwendende Zeit ab. An der Decke klebten Styroporplatten. Diese weißen Platten sind eine Zeit lang Mode gewesen, auf die die Leute flogen, die zu dämlich waren, ihre Decken zu tapezieren.

Ja, ich gebe zu, ich gehörte dazu. Das Zeug war mir wie auf dem Leib geschneidert. Aber auch alte, ehemals schicke Anzüge werden altmodisch und irgendwann ist das alte Zeug einfach bloß noch Mist! Elsa zeigte auf die Ritzen zwischen den Platten.

„Müssen die runter?"

Eh, Styroporplatten sind angeklebt! Und darunter befindet sich ein Verputz, der von Schilfmatten getragen wird.

Ich sagte: „Nee, das lassen wir lieber, da bröckelt uns die ganze Decke herunter!"

Blieb also nur der Einbau einer Zwischendecke. Wir fuhren zum Baumarkt und kauften Blechschienen. Unsere Zeitplanung bewegte sich zu diesem Zeitpunkt in der Größenordnung von zwei Wochen. Auf den Leidensweg, den ich beim Abhängen der Decke entlangschlich, will ich nicht weiter eingehen.

Inzwischen sind vier Monate um. Das lag nicht nur an mir, denn der Baumarkt blieb zwischenzeitlich geschlossen. Das Virus, Sie wissen!

In die interessanteste Phase der Renovierung kamen wir jedenfalls nach Fertigstellung der Zwischendecke, denn nun ging es an das Tapezieren. Wie gesagt, bisher war ich Plattenkleber und die fälligen Klebungen in den größeren Räumen hat unser jüngster Sohn Daniel vorgenommen.

Daniel wohnt bei uns im Nebenhaus und Sie könnten, wie ich, fragen, warum der die Renovierungsarbeiten eigentlich nicht macht.

Die Antwort ist einfach: Ich will das nicht. Daniel ist zwar ein guter Handwerker. Gleichzeitig ist er aber ein großer Neinsager. Ich will das nicht weiter erörtern. Außerdem geht er mir auf die Nüsse, weil er alles besser kann. So ist das!

Bei allem, was ich errichte, stellt er als erstes fest, dass es schief ist. Das nervt, das sage ich Ihnen! Es musste also ohne ihn gehen. Deshalb holte ich meinen Enkel Nikki zur Hilfe. Der hat zwar, wie ich, noch niemals eine Decke tapeziert. Trotzdem kann ich mit ihm viel, viel besser arbeiten.

Und so rührten wir Kleister an und Nikki patschte das Zeug auf die neuen Gipskartonplatten an der Decke. Elsa schnitt die Tapeten auf Länge, und ich trug die erste Bahn zu den beiden Leitern, die im Zimmer standen, eine mit dem Nikki obenauf. Ich nahm die aufgerollte Tapete und drückte die Unterseite in den frischen Kleister, während Niki hinter mir die Bahn in der Schwebe hielt.

„Geht doch einwandfrei, oder?"

Nikki knurrte nur. Ich bürstete die Bahn in den Leim. Verdammt, der Streifen wollte einfach nicht parallel zur Wand bleiben, obwohl wir sogar einen Bleistiftstrich zur Orientierung an die Decke gemalt hatten!

Also zogen wir den Streifen wieder ab. Nach fünf ungefähr gleichartigen Versuchen war eine halbe Stunde vergangen und Elsa stand unter den Leitern und gab kluge Ratschläge. Ebenfalls sehr erfrischend! Nach einiger Zeit hatte sie von unserem Gemurkse die Nase voll.

„Hört auf, wir streichen die Decke einfach!"

Nein, das wollte ich nun wiederum nicht! Die schöne Tapete, die musste ran, an die Decke!

Als wir die Bahn endlich dran hatten, stellte sie fest, dass der Kleister inzwischen trocken war. Die Kanten hielten nicht!

Vorsichtig zogen wir die Bahn wieder ab. Nach dem Neuanstrich und einer weiteren halben Stunde war es vollbracht: Die erste Tapetenbahn unseres Lebens klebte an der Decke. Der Rest war reine Routine!

Mit einem Grinsen im Gesicht stiegen Nikki und ich aus der ersten Etage herab. Auf der Treppe stand Elsa und sah uns entgegen. Plötzlich legte sie ihre Hand an die Wand des Korridors und sagte:

„Die Wände hier, die sind inzwischen auch fertig. Die machen wir als nächstes!"

Blut

Im Februar des Jahres schlug, was keiner mehr so erwartet hatte, der Winter zu. Dem unschönen Matschwetter der Vormonate folgte eine Kaltzeit, die für Schnee, gefrorene Gewässer und eisige Stürme sorgte. Schon bald brachen erste Optimisten, die dem Ruf ihrer inneren Stimme folgten und dem Eislauf frönen wollten, durch zu dünne Eisdecken. Andere, weniger optimistische Leute rutschten auf eisglatten Wegen aus und brachen sich die Knochen.

Auf den Straßen tobte der übliche Verkehr, befeuert durch steigenden Bedarf an Schneeschiebern, festen Schuhen und Lebensmitteln, deren Vorratshaltung möglich ist.

Wegen der gestiegenen Anzahl an Operationen, die durch die wetterbedingten Unfälle notwendig wurden, startete der Leiter der Transfusionsmedizin unserer Stadt einen Aufruf, doch bitte Blut zu spenden. Dieser Aufruf wurde im Fernsehen in der abendlichen Regionalsendung, die meine Frau und ich uns fast jeden Abend ansehen, ausgestrahlt.

Klar, die Notsituation leuchtete mir sofort ein und so machte ich mich schon am nächsten Vormittag nach telefonischer Anmeldung auf den Weg. Meine letzte Blutspende lag einige Jahre zurück (Es waren acht, würde mir der Arzt im Blutspendezentrum später sagen.), denn ich laborierte an einer bescheuerten Stoffwechselerkrankung herum, die in meinem Blut umhergeisterte. Und genau die wollte ich nun nicht unbedingt anderen Menschen andienen.

Ich will nicht drum herum reden: ich habe Gicht. Weil diese unangenehm schmerzhafte und sporadische Gelenkentzündung mutmaßlich mit dem Makel der Völlerei verbunden ist, habe ich einige mir liebgewordene Lebensmittel konsequent von meinem Speiseplan gestrichen. Dazu gehören Lachs, rohes rotes Fleisch, aber auch Spargel und Spinat. Bei den Getränken musste das Bier daran glauben (wenigstens über längere Strecken, was mir den Rhythmus eines Quartalsäufers eingebracht hat) und dem Branntwein, den wir früher regelmäßig konsumierten, dem habe ich ganz abgeschworen.

So ganz mutmaßlich war die Völlerei also nicht.

Diese Einschränkungen der Speise- und Geträn-
kekarte haben, versehen mit einem religiösen
Moment, nämlich der täglichen Einnahme von
Weihrauchkapseln, dazu geführt, dass ich die
typische medikamentöse Unterdrückung der
Vermüllung meines Blutes mit Purinen absetzen
konnte und mir der Weg zur Blutspende wieder
offen schien.

Weil es nun aber draußen so furchtbar kalt war,
zog ich meinen geliebten Hoody über. Ich nehme
an, Sie wissen, das ist ein Kapuzenpullover? Und
weil man eine Kapuze in der Regel um das Gesicht herum zuziehen kann, hat auch mein Hoody
eine Schnur, deren Austritt aus der Umsäumung
durch Metallösen gesichert ist.

Eine dieser Metallösen meines Hoodys hatte sich
gelöst und als ich die Strippe festzog, ritzte sie
mir unterhalb des ersten Daumengliedes eine
Schramme in die Haut, aus der ein wenig meines
guten roten Blutes austrat, welches ich sogleich
zur Spende tragen wollte. Tja, der Mensch ist
eben vulnerabel, oder etwa nicht?

Ich flitzte also ins Bad, spritzte ein wenig Desinfektionsmittel auf den Kratzer und wischte das
ausgetretene Blut mit einem Küchentuch fein

säuberlich trocken. Dann stieg ich ins Auto und fuhr zum Blutspendezentrum.

Die Parkplätze am Klinikum werden durch Schlagbäume bewacht, aber der Parkplatz für das Personal hatte ausreichend Lücken. Nachdem mir der Kasten am Schlagbaum eine Karte ausgab, stand meiner erfolgreichen Blutspende nichts mehr im Wege: Manuela begrüßte mich freundlich (Ja, man kennt sich, der Mann von ihr arbeitete jahrelang mit meiner Frau zusammen!) und nach dem Ausfüllen eines doppelseitigen Fragebogens leuchtete meine Nummer für die Erstuntersuchung auf. Eisen hatte ich genug im Blut, der Blutdruck war etwas hoch, aber naja, es kann nicht alles in Ordnung sein und wenig später saß ich dem Arzt in der Zweituntersuchung gegenüber, der natürlich wissen wollte, warum ich so lange nicht mehr Blut spenden war. Stolz berichtete ich ihm von meinem Sieg über die Gicht. Ich hatte quasi die Nadel schon im Arm, da stellte der junge Mann noch eine letzte Frage.

„Haben Sie offene Wunden?"

Ja, klar, die hatte ich. Die Metallöse, Sie wissen! Prompt hob ich meinen Daumen über die Tischkante und zeigte den kleinen Kratzer. Der Arzt griff zur Desinfektionsflasche und setzte zielgerichtet einen Sprühstoß auf den Riss in meiner Haut.

„Und? Brennt das?" fragte er.

Naja, das brannte schon! Also bestätigte ich seine Frage mit einem leichten Jaulen im Ton:

„Ja, das brennt! Das habe ich schon Zuhause festgestellt, wissen Sie, da habe ich auch schon Desinfektionsmittel draufgesprüht!"

Er ließ mich abtreten. „Sie haben eine offene Wunde. Damit dürfen Sie nicht spenden. In vier Wochen können Sie gern wieder vorbeischauen."

Einigermaßen eingeschnappt verließ ich das Blutspendezentrum. Ich beschwerte mich noch bei Manuela und hielt ihr meinen Daumen mit dem Kratzer unter die Nase:

„Wegen so einer Bagatelle darf ich nicht spenden!"

Manuela gibt das Essen für die Spender nach dem Blutverlust aus. Sie nahm es gelassen.

„Da hat der Arzt eindeutige Richtlinien, weißt du? Der darf dich nicht spenden lassen."

Ich warf den Kopf in den Nacken, bildlich gesprochen, versteht sich, und verschwand in Richtung Parkplatz. Die sehen dich hier nie wieder, schwor ich mir. Brauchen die nun Blut oder nicht. Bei so rigidem Vorgehen muss der Chef auch nicht im Fernsehen herum heulen, dass keine Spendenwilligen da seien. Ich habe Blutgruppe Null und bisher war ich eher ein gern gesehener Gast. Aber, wie gesagt, aus dem Blutspenden wurde diesmal nichts.

Im Alltag gingen wir schnell wieder zur Routine über. An unserer Dorfstraße wurden mehrere Eschen gefällt, weil das Totholz zur Gefahr für spielende Kinder wurde. Die Zufahrt zum Nachbargrundstück lag ganz und gar voller Äste. Unser Bürgermeister bot mir an, die Knüppel gegen Beräumung zu tauschen. Die Abfuhr des Holzes würde wohl mehr kosten, als die Sache wert wäre.

Also sägten alle Anlieger Holz, und ich sägte kräftig mit.

Das Sägen, das sage ich Ihnen, das strengt an, wenn man nicht gewohnt ist, in vorgebeugter Haltung eine mehrere Kilogramm schwere Kettensäge zu halten. Aber nach einigen Tagen hatten wir den Trümmerhaufen der armen kranken Esche weitgehend beseitigt, und neben Rückenschmerzen hatte ich mir wohl den Daumen ein wenig verstaucht. So dachte ich anfangs, denn ich konnte den Finger kaum noch bewegen. Dann schwoll das Gelenk an und das sah wiederum genau so aus, wie die Gichtanfälle, die mich viele Jahre plagten, und die ich glaubte weit hinter mir gelassen zu haben.

Dann wurde mein Daumen immer dicker und ich hätte als Modell für Facebook oder TikTok für die altrömische Geste herhalten können. Ein paar Tage dokterte ich mit Kühlung in der Nacht umher, bis meine Frau mitbekam, dass ich vermied, ihr die linke Hand zu reichen. Nein, so war es nicht: ich jaulte auf, als sie mir beim Gehen Hand in Hand auf den dicken Daumen drückte.

Am nächsten Morgen stand ich noch vor Öffnung der Praxis vor meiner Hausärztin, da kennt meine Frau keinen Spaß. Und was soll ich sagen, es handelte sich um eine Blutvergiftung und sehr lange wäre das wohl nicht mehr gut gegangen, allein so, mit dem Kühlen!

Die Ärztin kannte mich nicht, dabei war ich doch schon bei ihr in Behandlung gewesen, und das sagte ich ihr auch. Also sah sie in meiner Krankengeschichte nach, ist ja heutzutage alles in Datenbanken aufgeschrieben, und, tatsächlich, ich wusste es ja noch, war ich exakt vor fünf Jahren schon einmal bei ihr gewesen! Sie schaute mich an.

„Ist Ihr Impfschutz für Tetanus noch wirksam?"

Keine Frage, der musste doch von meinem letzten Besuch stammen, oder?

Auch deswegen scrollte sie ein wenig auf dem Monitor umher.

„Der ist elf Jahre alt. Melden Sie sich nachher gleich bei Schwester Tilli, den frischen wir auf."

Nachdem ich eine Woche lang ein Antibiotikum geschluckt habe, kann ich den nun wieder abgeschwollenen Daumen schon wieder ein wenig bewegen.

Beipackzettel

Lesen Sie den Beipackzettel, wenn Sie eine Kopfschmerztablette nehmen? Früher habe ich das jedenfalls nicht getan und ich kann nur feststellen, dass die Zeit der Annahme, zu der Mehrheit zu gehören, die von möglichen Nebenwirkungen der Segnungen der modernen Pharmazie verschont bleiben, endgültig vorbei ist.

Ich bin sogar regelrecht misstrauisch geworden und lieber nehme ich keine Tablette und ertrage die mir durch meinen alternden Körper zugemuteten Schmerzen. In Grenzen, versteht sich! Zur Not trinke ich lieber einen Schnaps oder greife auf alternative Schmerzmittel zurück.

Dieses Misstrauen resultiert nicht etwa aus den Diskussionen, die den armen Menschen in allen Teilen der Welt zugemutet werden, ob man nun mit diesem oder jenem Impfstoff gegen diese oder jene Mutation des derzeit grassierenden Virus die selbstverständlich unbeabsichtigten und oftmals heftigen Kollateralschäden erleben darf. Nein, es sind ganz praktische eigene Erfahrungen,

die es mir geraten scheinen lassen, die fein zu-
sammengefalteten kleinen Kompendien sehr be-
schränkten Inhaltes aus den mir durch meinen
Hausarzt verordneten Päckchen zu fummeln und
sehr genau unter dem Kapitel Nebenwirkungen
nachzulesen, ob ich die dort beschriebenen Risiken eingehen will.

Mir scheint es z.B. wenig sinnvoll, Darmbluten in
Kauf zu nehmen, um Kopfschmerzen zu bekämp-
fen. Aber ich habe gut Reden, denn Kopfschmerzen können einen sicher dahin führen aber auch
alles in Kauf zu nehmen, bloß um den bohrenden
Schmerz hinter den Augen loszuwerden. Wie
gesagt, so einen starken Schmerz hatte ich im
Kopf noch nicht, wohl aber in den Fersen!

Was habe ich nicht alles ausprobiert, um die mit
Zahnschmerzen vergleichbaren Schmerzen von
den Hacken zu bekommen?

Zunächst habe ich meinen Bierkonsum herabge-
setzt. Was soll ich sagen; es wurde wohl auch
Zeit. Dann kam das Fleisch dran. Und als mir
nichts mehr einfiel, musste das Weizenmehl dran
glauben.

Es half alles nichts, also ließ ich mich auf die
Einnahme diverser Medikamente ein, die mir
mein Hausarzt, hilfsbereit und an schnellen Lö-

sungen interessiert, verschrieb. Ein Pseudohormon zur Langzeiteinnahme war noch das harmloseste Mittel und ich kann Ihnen nicht beschreiben, welche Nebenwirkungen das Zeug hatte, denn bis dahin hatte ich das Urvertrauen in die Pharmaindustrie noch. Will sagen: den Beipackzettel hatte ich damals, natürlich ohne ihn zu lesen, einfach weggeworfen.

Trotz jahrelanger Einnahme des Langzeitheilmittels kamen die Schmerzschübe in schöner Regelmäßigkeit wieder. Also schlich ich in kleinen Schritten und mit Unterstützung von Unterarmstützen wieder zum Arzt, um diesmal das Gift der Herbstzeitlosen zu bekommen.

Aber Vorsicht! Die Packungsbeilage war zu beachten, denn sonst könnte leicht die Leber in den Dutt gehen. Notgedrungen las ich das erste Mal einen der kleinen Zettel und war überrascht, mit welcher Akribie die unerwünschten Effekte aufgeführt waren. Lächelnd wickelte ich die kleine Flasche wieder in den Beipackzettel, nachdem ich die ersten fünfzig Tropfen geschluckt hatte. Die Schmerzen in den Füßen gingen tatsächlich weg. Selig deckte ich mich am Abend zu und schlief schmerzbefreit ein!

Wusste ich es doch: Auf die moderne Pharmazie ist Verlass!

Mitten in der Nacht träumte ich, ein Wolf wäre über mich hergefallen und fräße gerade meine Leber. Die Leber hat keine Schmerzzellen, sonst würden wir Freunde diverser Alkoholika wohl nicht ganz so unverfroren unserem Laster frönen! Aber um an die Leber heranzukommen, musste das Vieh sich durch die Bauchdecke beißen. Genau dieser Schmerz weckte mich.

Da saß ich mit brennenden Innereien, schweißgebadet, und Elsa schnorchelte friedlich im Tiefschlaf neben mir. Ich schaffte es gerade noch so bis zur Toilette und dort krümmte ich mich in regelmäßigen Schmerzschüben der Stärke elf auf meiner persönlichen Skala von eins bis zehn. Die Schmerzen wurden nur in den Momenten geringer, wenn mir die Scheiße in dünnem Strahl aus dem Anus schoss.

Mir ging es wie dem ungebärdigen Pferd, welches zum Hufbeschlag mit dem Kopf in den Schraubstock gepresst wurde, um das Tier in Ruhe besohlen zu können. Was mit meinem Fuß passierte, war mir in dieser Nacht völlig gleichgültig. Inzwischen kann ich von mir behaupten, dass ich ganz gern zum Zahnarzt gehe, denn diese

Schmerzen, die zu Recht als bohrend umschrieben werden, die stecke ich mit links weg! Ich zähle zum Beispiel die Lamellen an den Deckenbeleuchtungen. Dummerweise wurden kürzlich LED-Lampen eingeführt. Keine Lamellen mehr! Dafür kenne ich die verschiedenen Möglichkeiten der Zahnpflege, die auf einem Plakat in der Praxis beschrieben werden, inzwischen auswendig. Aber das nur nebenbei.

Ich sagte den schmerzlindernden Tropfen, gewonnen aus Herbstzeitlosen, also adé. Das tat ich nicht sofort, sondern nachdem ich mich, zuverlässig wie ich bin, durch die empfohlene Dosis Nacht für Nacht durchgeschissen hatte.

Die Krise ging vorüber. Es folgten ganz akzeptable Zeiten und bald dachte ich, ich hätte die Sache im Griff. Zwei Jahre ging es mir gut und ich trank kein Bier, aß fast kein Fleisch, verzichtete auf Spargel und Innereien ebenso, wie auf Leberwurst und Salmoniden. Selbst Hering in all seinen leckeren Derivaten ließ ich nicht auf meinen Teller. Wenn ich noch geraucht hätte, hätte ich vielleicht als Ausgleich zu den würzigen Tabaken aus Virginia gegriffen?

Selbst dieser Trost blieb mir verwehrt, denn inzwischen rieche ich zwar gern würzige Rauchschwaden dicker Zigarren oder Tabakspfeifen, der Dunst kalter Tabakrückstände jedoch, der widert mich an. Tja, was bleibt da noch an Freuden im Leben? Der geistigen Art sicher noch einige, aber wer will gleich zum Philosophen oder Künstler werden, bloß weil ihm die leiblichen Genüsse verloren gingen?

Andererseits schmecken manche Gemüse und Eiprodukte doch recht passabel und so kann sich der in der Breite verwöhnte Gourmet nun in das Spezielle vertiefen. Und das tat ich. Und die Freuden der Erotik, die bleiben natürlich ebenfalls, egal was man in sich hineinstopft oder gießt.

Ist das tatsächlich so? Meine Bereitschaft, ernsthaft und tiefgründig Beipackzettel zu studieren war bis hierhin zwar stetig gewachsen, aber den letzten qualitativ entscheidenden Hub bekam sie erst, als es an die letzten Bastionen meiner Körperlichkeit ging: Eitelkeit und Sexualität mussten dran glauben. Dann war ich soweit, vorher die Warnungen zu lesen und nicht erst, wenn das Kind quasi im Brunnen lag.

Nach zwei Jahren fröhlichen Lebens mit den beschriebenen leichten Einschränkungen der Getränke und Speisenauswahl war ich der festen

Meinung, es geschafft zu haben. Mein Blutdruck war stabil, meine Leberwerte in Ordnung und mein Gewicht in akzeptabler Bandbreite.

Ich war geheilt!

Elsa, die vor Jahren an kein Hackepeterbrötchen heranzukriegen war, aß seit einigen Wochen ganz gern mal ein Portiönchen dieser einfachsten Wurst. Sie kennen Hackepeter? Wenn nicht, substituieren Sie das Wort schlicht und einfach durch Mett.

Elsa also biss in ihr frisches Brötchen. Hatte ich schon berichtet, dass ich auch Weißmehlprodukte von meinem Speiseplan gestrichen hatte? Immerhin hatte ich frisches und selbstgebackenes Brot auf dem Tisch. Weil Elsa das kleine Fleischtörtchen nicht ganz schaffte, griff ich ihr, hilfsbereit wie ich bin, unter die Arme. Der Rest des Fleisches reichte für zwei dicke weiche Stullen. Sie schmeckten prächtig. Es ging mir so gut, dass ich mir noch einen Schnaps eingoss, denn wie gesagt, ich hielt mich ja für geheilt.

Am nächsten Tag schwoll mein linker Fuß an. Eine Woche später humpelte ich mit Unterarmstützen zum Arzt. Herbstzeitlosensaft lehnte ich ab. Der Doc meinte, ich sollte mal was ganz anderes probieren und verschrieb mir ein – und jetzt muss ich auf dem Beipackzettel nachlesen - schmerzstillendes und entzündungshemmendes Arzneimittel (nicht-steroidales Antiphlogistikum/ Analgetikum).

Ich nahm es ein. Der Fuß blieb dick und am Abend juckte mir die Lippe. Nun juckt mir manchmal die Lippe, denn Herpes habe ich auch. Seit einiger Zeit halte ich da immer einen heißen Löffel an die juckenden Stellen, dann geht das Jucken ganz gut weg. Aber diesmal? Pustekuchen. Meine Lippe schwoll an, bis die Schwellung Elsa auffiel.

„Du siehst aus, wie ein Rauchermäcki!" prustete sie los. Rauchermäckis waren kleine Figuren, deren Glimmstängel von selbst pafften, wenn man die winzigen Zigaretten anzündete. Wie ein Rauchermäcki wollte ich nun nicht gerade aussehen und einigermaßen eingeschnappt verzog ich mich ins Bett. Mein Humpelfuß schmerzte weiter und ich verpasste ihm einen Kühlakku.

Am nächsten Morgen hatte ich eine Visage wie der Glöckner von Notre Dame. Und auch wie der Glöckner wollte ich nicht aussehen! Ich bin die nächsten Tage nicht aus dem Haus gegangen.

Und jetzt las ich den Beipackzettel ganz genau. Da stand unter dem Punkt ‚Mögliche Nebenwirkungen‘: akut auftretende Schwellungen von Gesicht, Zunge und Kehlkopf. Tja, und genau diese Nebenwirkung hatte ich ja nun. Und was sollte man daraufhin tun? Der Betroffene sollte sich bei seinem Arzt oder Apotheker melden. Sie kennen ja den Spruch.

Na, ich habe das gelassen und beobachtet, wie das eingelagerte Wasser aus meiner Quasimodofresse in Richtung der Schwerkraft abwanderte. Zunächst bekam ich ganz ordentliche Titten. Anschließend schwoll mein Unterbauch an und ich dachte, wenn die Brühe in den Beinen verschwindet, ist alles wieder in Ordnung. Damit kann ich umgehen, trinke Brennnesseltee und pinkel die ganze Soße anschließend aus. Der Weg des Schwellwassers führte allerdings direkt dahin, wo ich es garantiert nicht haben wollte: direkt in meinen Pimmel. Der sah, wie ich mit Grausen an stillem Ort beobachtete, wie ein gefüllter Luftballon aus, wie ihn die Kinder gern auf der Straße platzen lassen. Voller Entsetzen betastete ich das monströse Anhängsel zwischen meinen Beinen. Und damit sollte ich nun zu meinem Arzt oder Apotheker? Ich traute mich nicht mal, das Ding Elsa zu zeigen. Wer weiß, als was für einen

Mäcki sie mich damit bezeichnet hätte? Also: Ende des Sexuallebens!

Sie werden mir sicher gern glauben, mit welcher Begeisterung ich das neue Antiirgendetwas abgesetzt habe. Inzwischen habe ich meinen Arzt gewechselt und nun betreut mich eine Ärztin.

Wie schnell die Zeit vergeht. Wieder ist ein Jahr vergangen und wieder habe ich einen geschwollenen Fuß, der diesmal ein wenig wie mein dicker Pimmel aussieht: rund und prall und alles voller Wasser.

Die Ärztin hat vorsichtig meine Zehen abgetastet. Dann hat sie sich meine langjährige Leidensgeschichte am Computer angesehen, auf den Bildschirm gewiesen und gesagt:

„Sie haben sicher Verständnis dafür, dass ich mir das nicht alles durchlesen kann."

Sie sagte weiter, dass sie mit mir ganz neu beginnen will und es gäbe noch ganz andere Mittel, als die herkömmlichen.

Zuhause habe ich sofort den Beipackzettel des neuen Zeugs gelesen und wissen Sie, welche Nebenwirkung als sehr häufig darinsteht?

Darmbluten. Und wissen Sie, was sehr häufig bedeutet? Bei mehr als einem Patienten von zehn!

Ob ich das Medikament beim nächsten Arztbesuch zurückgeben kann? Ich werde es versuchen...

Komasaufen

Es ist schon eine ganze Weile her, dass ich komatös in der Ecke lag, weil ich es wieder einmal nicht geschafft hatte, den Alkohol aus dieser Welt zu schaffen. Und zwar allen Alkohol! Um zunächst ein Exempel zu statuieren waren insbesondere die recht umfänglichen Vorräte aus meinem Keller dran.

Um es vorweg zu nehmen, ich schaffte es weder bei diesem letzten Versuch, als auch bei irgendeinem der Versuche davor: stets wurden die Vorräte wieder aufgefüllt. Dabei war ich selbst anfangs der umtriebige Beschaffer, später stießen Erfüllungsgehilfen aus der Familie hinzu, die eine Feier planten, oder auch Gäste, die reichliche Mengen der mehr oder minder starken Getränke für den späteren Tagesablauf beisteuerten.

Wie ich darauf komme? Mein Sohn rieb mir bei seinem letzten Besuch die traumatischen Erinnerungen seiner Kindheit unter die Nase: Mal hätte ich unter dem Johannisbeerstrauch meinen Rausch ausgeschlafen, mal bei den Ziegen im

Stall und auch der Hundezwinger war nicht vor meinen versoffenen Tiefschlafphasen sicher. Nicht etwa an das von mir restaurierte Fahrrad erinnert er sich, nicht an die Vorgänger der heutigen Computer, mit denen wir einfache Spiele programmierten, nein, ganz allein der alkoholbedingte Ausstieg seines Vaters aus der bösen weiten Welt ist bei ihm von seiner Kindheit hängen geblieben.

Ja, das fuchst mich natürlich ungemein, denn ich habe mich in diesem Zustand auch mit seiner Mutter geprügelt, die in dieser Hinsicht auch kein Kind von Traurigkeit war. Wenigstens steht die immer mal wieder wegen der stinkenden Qualmerei, die wir uns geleistet haben, am Pranger. Rein theoretisch hätte der Junge bei unseren Gefechten auch selbst eine Tracht Prügel beziehen können, quasi als Kollateralschaden, wie das so schön euphemistisch umschrieben wird, dann wäre das Trauma jedenfalls begründet!

Dabei war er ein sehr braver Sohn, mal abgesehen davon, dass er seine Schwester von Herzen hasste. Wobei unsere Kinder sehr gern und gut miteinander spielten und, soweit ich das beurteilen kann, waren ihre Spiele sehr phantasievoll.

So spielten sie gern Vater, Mutter und Kind, wobei stets unsere Tochter den Startschuss gab und für das weitere Spiel Regie führte.

Ich will aber nicht ablenken. Unser Sohn hat nicht Unrecht: ich war ein Versager, was das frohe Familienleben anging, aber ich habe Tag für Tag dafür gesorgt, dass genug Essen auf dem Tisch stand und das unsere Bude warm und trocken blieb. Dabei stank mir meine Arbeit oft genug und der berühmte Zirkelbezug des Säufers im kleinen Prinzen hätte voll auf mich zugetroffen, wenn man denn nur die Scham durch Traurigkeit ersetzt hätte. Sie kennen die Geschichte ja sicherlich. Sie geht so: „Und warum trinkst du?", fragte der kleine Prinz?

„Um zu vergessen", antwortete der Säufer.

„Was willst du vergessen?" fragte der kleine Prinz, weil ihm der Säufer leid tat.

„Ich will vergessen, dass ich mich schäme", gestand der Säufer und ließ den Kopf hängen.

„Warum schämst du dich?" fragte der kleine Prinz beharrlich weiter, denn er wollte ihm helfen.

„Ich schäme mich, weil ich saufe!" sagte der Säufer abschließend und hüllte sich in tiefes Schweigen.

Verdammt, genau deshalb verletzt es mich so, dass mein eigen Fleisch und Blut nicht an die Abrissarbeiten denkt, an die Tonnen von Steinen, die ich Stück für Stück in die Hand nahm, um mit diesen meinen Händen sein späteres Zimmer an Stelle des abgerissenen Stalles aus dem Boden zu stampfen.

Die stürzenden Mauern staubten gewaltig, der Lehm knirschte meinen Gehilfen und mir zwischen den Zähnen und natürlich haben wir unseren Durst mit Bier gelöscht.

Dann folgte der Neuaufbau. Sie kennen doch den Maurerspruch: Ein Stein, ein Kalk, ein Bier? Später kam das Dach dran. Die benötigten Bäume, welche im Sägewerk zu Brettern zersägt werden sollten, die habe ich ohne die geringste Ahnung zu haben im Forstbetrieb der Armee abgesäbelt. Eine reine Beziehungsgeschichte übrigens, denn Holz war zu der Zeit noch schlechter zu bekommen als Zement. Und trotzdem haben wir für ein Dach über unserem Haus und damit seinem Zimmerchen gesorgt.

Um nochmal auf das Fahrrad zurückzukommen: das Schrauben, Schleifen und Lackieren muss zumindest ein wenig seine spätere Freude an sämtlichen Fahrzeugen mitbegründet haben.

Ach herrje, und das erste Moped, welches er fahren konnte, habe ich da nicht auch mitgeholfen, den Vergaser zu durchpusten? Habe ich nicht treu und brav das Benzin herangeschleppt, welches die rauchenden Trümmerhaufen in die Luft bliesen? Habe ich nicht den späteren Trabbi geschoben, als dieser nicht anspringen wollte? Und habe ich das gleiche Gefährt nicht treu und brav beerdigt, als es nicht mehr gebraucht wurde?

Ja, wo leben wir denn? Alles vergessen? So bitter es ist, ich habe meine Lektion gelernt. Jeder Mensch pflegt genau die Erinnerungen, die er pflegen will. Das geht mir genauso wie jeder anderen Person auf unserer schönen Welt. Genau deshalb schreibe ich diese Geschichte, denn wer einmal Scheiße baut, darf sich sicher sein, dass irgendwo eine registrierende Seele nur darauf wartet, ihm diese Scheiße von Zeit zu Zeit aufs Brot zu schmieren. Dieser Vorgang ist dann wieder und wieder sehr, sehr unangenehm.

Nicht nur das Internet vergisst nicht, nein, auch die Kinder und deren Kinder werden sich ein Bild von Ihren Verfehlungen aufheben, wenn Sie sich denn welche geleistet haben. Also seien Sie auf der Hut. Sie können noch so viel Gutes tun, das Schlechte reißt die Waagschalen der Erinnerungen mit Sicherheit auf seiner Seite zu Boden. Das ist bei Ihnen nicht der Fall? Na, dann ist ja alles gut.

Bruchpiloten

Wir wohnten noch nicht lang in unserem Haus, als wir eines Abends eine Stichflamme hinter dem nahen Wald aufflackern und wieder in sich zusammenfallen sahen. Ich fuhr damals mit einem ZUK die Post durch die Gegend. Ein ZUK war ein Lieferwagen aus Polen, zwar mit einem Viertaktverbrennungsmotor, aber nur drei Gängen im Getriebe. Ein furchtbarer Spritfresser war das, aber er zog in der Stadt wenigstens tierisch ab. Kaputt war das Ding regelmäßig, aber dafür hatte die Post in unserer Stadt eine eigene Werkstatt, in der eigens die Postfahrzeuge und die der Angestellten der Werkstatt repariert wurden.

Was das mit der Stichflamme hinter dem Wald zu tun hat, fragen Sie? Zunächst erst einmal nichts. Allerdings durfte ich mit dem ZUK am nächsten Tag nicht an der Quelle der Verpuffung vorbeifahren: Alles Gelände hinter dem Wald in Richtung Ungnade war gesperrt und selbst die Post erreichte die Leute, die in Ungnade wohnten, an diesem Tag nicht. Ein echter Fall von Ungnade!

Später sickerte durch, dass einem tschechischen Piloten die MIG 16 unter dem Hintern den Geist aufgegeben hatte. Der Mann selbst fiel am Fallschirm in eines der Gewächshäuser, die damals den Rand unserer Kreisstadt säumten.

Außer ein paar Knochenbrüchen und Schnitten hatte der Gute nichts abbekommen. Selbst diese geringen Verletzungen hätte der Mann vermeiden können, wäre er früher und in größerer Höhe ausgestiegen. Allerdings wäre dann seine Fluggerät außer Kontrolle gewesen und wahrscheinlich in der für ihn sichtbar beleuchteten Stadt eingeschlagen. Also hat er ausgeharrt, bis er sicher sein konnte, dass das Ding auf den Äckern hinter der Stadt einschlagen würde, was zu der von uns beobachteten Stichflamme führte.

Wie zuverlässig die Technik auf unseren Straßen funktionierte, konnte ich ja Tag für Tag mit meinem ZUK erleben und es fiel mir nicht schwer, dieses Wissen in die Luft zu extrapolieren. Noch heute ziehe ich den Kopf ein, wenn zum Beispiel unsere kämpferischen Helden aus Afghanistan in dicken Flugmaschinen wieder in die Heimat zurückgeführt werden und das im Tiefflug über unser Haus hinweg erledigt wird.

Wie berechtigt dieses Misstrauen ist, wurde mir aufgefrischt, als zwei Flugzeuge nordwestlich der Müritz zusammenstießen um anschließend auf der Erde aufzuschlagen.

Bloß waren es diesmal keine MIG 16, sondern hochmoderne Eurofighter, das Beste vom Besten sozusagen! Auch diese Fluggeräte lieferten am Schluss ihrer Laufzeit eine veritable Stichflamme, wie auf jedem Bildschirm im Land mehrfach zu sehen war. Die Entwicklung ist in dieser Beziehung wohl nicht besonders fortgeschritten.

Tragisch ist, dass der Flugschüler, der gerade lernen sollte dicht neben seinem Lehrausbilder zu fliegen, das Unglück mit dem Leben bezahlte. Der Fluglehrer selbst überlebte den Notausstieg mit dem Schleudersitz schwer verletzt.

Inzwischen sind einige Jahre vergangen. Die Brandfläche im Wald, an der wir nach dem Unglück durch Zufall vorbeifuhren, ist wieder zugewachsen.

Wer nördlich der Müritz Urlaub macht, kann sich an den Flugmanövern der Eurofighter erfreuen. Sie kommen vom nahen Fliegerhorst und haben es nicht weit bis dahin. Auch weiter östlich, bei uns daheim, sind sie schnell – dauert ja nur Sekunden mit so einem Geschoss! Von Zeit zu Zeit

können wir beobachten, wie die Flugzeuge Ab-
fangmanöver durchführen. Dann fliegen große,
träge Transportflugzeuge über uns wieder und
wieder Schleifen und die kleineren Jäger donnern
nur so am Himmel hin und her! Aber wie gesagt,
mir sind die Dinger ein wenig unheimlich. Ihnen
nicht auch?

Knapp daneben

Zugegeben, der fleißigste Schüler ist Danilo niemals gewesen. Immerhin lagen seine Schulnoten soweit über dem Durchschnitt, dass er nach der Grundschule gemeinsam mit fünf seiner Klassenkameraden an das Gymnasium in der Kreisstadt wechseln konnte. Brav fuhr er nun bei schönem Wetter Tag für Tag die gut fünf Kilometer, hin zu den ehrwürdigen Backsteingebäuden, die der Vermittlung des Einstiegswissens universitärer Laufbahnen dienen.

Um es vorweg zu nehmen: er schaffte diesen Einstieg nicht. Bereits nach zwei Jahren ließen seine schulischen Leistungen nach. Seine Eltern liebten den Jungen von Herzen und sie beobachteten diesen Leistungsabfall ohne Groll. Das lag wohl auch daran, dass sie ihrem zuletzt geborenen Sohn sowieso jeden Wunsch von den Augen ablasen und ohne viel Federlesens erfüllten. Mit ein wenig Neid beobachteten die älteren Geschwister dieses Verhalten der Eltern, die doch bei ihnen bei weitem nicht so großzügig gewesen waren.

Danilo besaß jedenfalls keinen ganz einfachen Charakter und oft genug schüttelte Karin, die Mutter des Jungen, an sich eine resolute Frau, die mit beiden Beinen im Leben stand, den Kopf, wenn der kleine Kerl von heftigen Trotzphasen gebeutelt wurde.

Peter, der Vater, ein kleiner gutmütiger Mann, der den Jungen mit einer regelrechen Affenliebe umgarnte, schaffte es vor Jahren nicht, Danilo in den Kindergarten zu bringen. Zu sehr gingen ihm die dramatischen Abschiedsszenen ans Herz. Und so blieb auch diese Aufgabe an der Mama hängen, die vom Kindergarten gleich zur nahegelegenen Arbeitsstätte, einer landwirtschaftlichen Genossenschaft, weiter musste und damit einfach keine Zeit hatte, auf die täglichen Protestaktionen des Kindes einzugehen.

Der jüngste Sohn der Familie, quasi in Purpur geboren, konnte also während seiner weiteren Entwicklung aus Sicht der Eltern nichts verkehrt machen. Und so stand ihm, als später seine Kenntnisse in den Kernbereichen schulischer Anforderungen genauso dünn wurden, wie die in den Nebenfächern, aus deren Sicht der Weg zurück in die dörflich geprägte Welt des Realschulbetriebes durchaus konfliktfrei offen.

Die Rückkehr in die Klasse der im Dorf verbliebenen Rabauken erfolgte also mit Hallo und der weitere Schulgang Danilos führte tatsächlich zunächst zu sehr guten, später zu guten Ergebnissen. Es war eben doch einiges aus der Gymnasialstufe hängengeblieben. So gelang es dem Knaben, der zugegebenermaßen auch hier nur mit dem notwendigsten Aufwand agierte, einen Abschluss zu ergattern, der eine solide berufliche Ausbildung ermöglichte.

Die Frage nach dem anzustrebenden Beruf, nach einer Berufung gar, zu beantworten, war weder für ihn noch für seine Eltern leicht, denn was nur sollte ein Junge, dem alles, aber auch alles im Leben bisher ohne größere Anstrengungen gelungen war, nur tun?

Die Palette der tatsächlichen Auswahlmöglichkeiten war so riesig nicht. Immerhin reichte sie von den traditionellen handwerklichen Berufen über die moderneren Sachen, wie Mechantroniker und Elektriker, bis hin zum Dienstleistungssektor. Nichts, aber auch gar nichts konnte Danilo dazu bewegen, anderen Leuten an den Haaren herumzuschneiden, oder, schlimmer noch, wie ein Diener das Essen auf den Tisch zu stellen. Danilo wurde Anlagenfahrer mit der Spezialisierungsrichtung Hebezeuge.

Außer einer Störung im Ausbildungsablauf, ein Besäufnis mit Freunden führte zum kurzzeitigen Verlust des Führerscheines, den er gerade erst erworben hatte, machte Danilo seine Sache ganz gut. Die polizeiliche Sperre von einem Monat ließ sich verschmerzen. Sein Vater fuhr ihn täglich zur Ausbildungsstätte, zurück konnte Danilo mit dem Bus fahren. Sein Ausbildungsziel erreichte Danilo ohne weitere Probleme.

Überall im Lande wurde gebaut und Danilos blauer Kranwagen war ein heiß begehrtes Utensil, um mal schnell einen Dachstuhl aufzusetzen oder eines der neumodischen Fertigteilhäuser aufzustellen.

Danilo war glücklich und wenn sein Lebenslauf keinen staatlich verordneten Knick bekommen hätte, wäre die Geschichte an dieser Stelle in einen Alltag übergegangen, der nahtlos in Familiengründung und Rente geführt hätte.

Zur Jahrtausendwende jedoch gab es die Wehrpflicht noch und kurz nach dem Wechsel des Tausenders wurde Danilo eingezogen. Sein Dienst bei den Feldjägern im nicht allzu fernen

Neubrandenburg gefiel ihm ebenfalls nicht schlecht: ein Bein brauchte er sich nicht auszureißen, der Ton in der Kaserne war erstaunlich kollegial. Und so stand Danilo der Frage nach einer Verlängerung seiner Dienstzeit mit Waffe absolut offen gegenüber. Ganz besonders interessierte ihn der gesellschaftliche Impetus, die Möglichkeit, etwas Außerordentliches zu leisten!

Klar, das Bedienen eines Kranes war eine verantwortungsvolle Tätigkeit, aber was war das schon, gegen die Möglichkeit Leben zu retten, oder gar die Demokratie in einem bedrohten Land?

Als seine Schießergebnisse hoch gelobt wurden – sein automatisches Gewehr aus deutscher Produktion schoss mit hinreichender Genauigkeit und verbunden mit einer großen Ruhe platzierte er Treffer um Treffer, stieg ihm der Ruhm in seiner Einheit ein klein wenig zu Kopf. Mit stolzgeschwellter Brust verließ er das Kasernentor und fuhr in sein Heimatdorf, um mit seinen Eltern über die Möglichkeit der Verlängerung seiner Dienstzeit zu reden.

Überraschenderweise schlug ihm hier erstmals im Leben heftiger Widerstand entgegen. Von Seite der Eltern erhielt der Junge keine Unterstützung, denn Karin und Peter waren strikt dagegen. Tja, der Vater war kein guter Schütze gewesen und die Mutter hatte ja schon beim Knallen der Silvesterraketen Angst. Karin brachte die Sache schnell auf den Punkt, der ihr am meisten Kopfzerbrechen bereiten würde:

„Was ist überhaupt mit Auslandseinsätzen?"

Nach dieser Frage der Mutter holte Danilo das Merkblatt möglicher Einsatzorte aus dem Auto, mit welchem er inzwischen täglich zwischen Neubrandenburg und dem Heimatdorf an der Küste pendelte.

„Ach, Mudder, das ist doch bloß Theorie!" sagte der Junge und legte zwei DIN A4 Seiten auf den Tisch. Die möglichen Einsatzorte lagen in wirklich sehr verschiedenen Ländern und deren Namen begannen mit A, wie Albanien, und hörten mit Z, wie Zentralafrikanische Republik, auf.

Karin starrte die Liste an, las und sagte kein Wort. Peter nahm ihr die beiden Zettel nach einer Weile aus der Hand und überflog die Namen ebenfalls. Er schüttelte den Kopf und sagte:

„Ich weiß nicht. Nach bloßer Theorie sieht mir das nicht aus. Die listen doch nicht alle möglichen Krisengebiete auf, in die sie dich nur rein theoretisch schicken wollen!"

Für Peter war die Angelegenheit nicht erst durch diese Liste klar: niemals würde er das Ansinnen seines Sohnes gut heißen. Zierlich, wie der Vater ist, hatte er während seiner Dienstzeit bei der Armee, die sich auch noch Volksarmee nannte, erleben können, wie es ist, wenn dumme Menschen nur aufgrund ihrer bereits geleisteten Dienstzeit die später hinzugekommenen schurigelten. Seine Vorgesetzten damals faselten in den Lehrklassen von Solidarität und im Innenverhältnis wurde zugelassen, dass Schwächere gnadenlos geknechtet wurden. Er konnte sich absolut nicht vorstellen, dass das Militär geeignet ist, die menschlichen Stärken ihres Goldsohnes zu stärken. Für ihn war und ist der Barras eine Schule, die bestenfalls geeignet ist, während des Drills Menschen endgültig zu Maschinenwesen zu machen, die bedingungslosen Gehorsam leisteten. Um es kurz zu machen: Peter hasste die Armee und alles, was mit ihr verbunden war, von ganzem Herzen.

Auch Karin stand dem Militär ablehnend gegenüber. Die älteren Kinder, der Sohn Jörn und die Tochter Silva, wären niemals auf die Idee gekommen, mehr als das Allernotwendigste für die Landesverteidigung zu leisten.

Jörn verweigerte den Wehrdienst aus Gewissens-
gründen und absolvierte seinen Zivildienst als
Angestellter im eigenen Dorf. Und Silva brauchte
sich in dieser Hinsicht gar keine Gedanken zu
machen. Die Wehrpflicht bestand nur für den
männlichen Part unserer Bevölkerung.

Leider waren die älteren Kinder aus dem Haus.
Sie hätten dem jüngsten Spross der Familie sicher
abgeraten, seinen Dienst freiwillig zu verlängern.
Aber da sie ihre eigenen Wege gegangen waren,
fanden ihre Argumente natürlich auch kein Ge-
hör.

Danilo also unterschrieb den Vertrag und verlän-
gerte seine Dienstzeit zunächst um drei Jahre.
Schon nach einem Jahr intensiver Ausbildung –
er fuhr ein gepanzertes Fahrzeug und lernte aus
dem Schutz der Panzerung heraus das Terrain zu
sichern – rückte ein Auslandseinsatz immer mehr
in den Bereich des Möglichen. Er kam nun seltener nach Hause, denn den Eltern mochte er von
den Gerüchten und Diskussionen in der Kaserne
nichts erzählen.

In dieser Zeit wurden Danilos Schultern breiter,
sein Gesicht markanter – wohl das Erbteil mütter-
licherseits. Aus dem sorglosen Jungen war endgültig ein Mann geworden, der wusste, was er tat.

Die Eltern allerdings blieben skeptisch: wusste Danilo wirklich, was er tat?

Im Jahr 2004 war es dann so weit. Danilo, inzwischen frisch gebackener Panzergrenadier und Kommandeur auf seinem gepanzerten Fahrzeug, erhielt gemeinsam mit seiner Einheit den Marschbefehl nach Kundus. Die Amerikaner wollten wohl dem vornehmen Danebenstehen der Deutschen, wie sie ihn sich im Irakkrieg geleistet hatten, vorbeugen und mussten nach den Angriffen auf die Twintowers noch nicht einmal Druck ausüben. Der gleiche deutsche Bundeskanzler, der ihnen im Irakkrieg die Gefolgschaft verweigerte, hatte nun jegliche Unterstützung gegen die Terroristen zugesichert und nun wurde die Zusage abgerufen.

Dem sich abzeichnenden Einfluss der durch den Iran und Russland unterstützten Taliban sollte ein Gegengewicht entgegengesetzt werden.

Deshalb forderten sie vehement den Aufbau eines Stützpunktes in Kundus, im Norden des Landes, welches zuvor in heftigen kriegerischen Auseinandersetzungen unter Militärverwaltung gebracht wurde. Welcher Stamm dabei welchen bekämpfte, blieb letztlich egal, denn die Nachrichtendienste heizten in der üblichen Manier die

Gerüchte von den demokratiefreundlichen Kräften.

Nun galt es also, dort im Norden die vorgeblich demokratischen Kräfte zu unterstützen und ein prowestliches Regime, wie in der Hauptstadt Kabul einzurichten. Weltpolitik unter deutscher Beteiligung! Das war doch was!

Die Deutschen machten mit, sie konnte nicht anders. Der Bundestag beschloss mit der Mehrheit der Koalition ein fast schon robustes Mandat. Die Opposition fragte zwar eindringlich, warum die Demokratie nun gerade am Hindukusch zu verteidigen sei, stieß jedoch bei den Regierenden auf taube Ohren. Opposition eben! Die waren doch schließlich immer dagegen!

Die politische Sprache änderte sich ein wenig; die Politiker, die den Einsatz mit Dringlichkeit befürworteten, waren wohl von ihrer Beteiligung an Waffengewalt mit weltpolitischer Bedeutung selbst überrascht. Und das auch noch in einem Land, an welchem sich schon die Großmächte die Zähne ausgebissen hatten. Klar, die Deutschen würden es besser machen! Und zwar mit Beteiligung der Einheimischen!

Danilo jedenfalls schrieb den Eltern am Anfang regelmäßig jede Woche, später wurden die Briefe unregelmäßiger, seltener auch.

Er beklagte sich nicht - es sah ja tatsächlich auch gar nicht so ganz übel aus, in den ersten Jahren, die er dort im Vorland der großen Berge verbrachte. Er schrieb von den Kindern, die unbefangen die Nähe der deutschen Soldaten suchten, er schrieb vom Schutz des zivilen Lebens, den sie an Markttagen gaben und auch von Straßenkreuzungen, die sie mit ihrem gepanzerten Fahrzeug bewachen mussten.

Wovon er nichts nach Hause schrieb: einmal fuhren sie beinahe auf eine Landmine. Sie hatten Glück, es erwischte ein einheimisches Fahrzeug, welches sie kurz zuvor auf der sandigen Piste überholt hatte. Der Fahrer winkte ihnen bei der Vorbeifahrt noch zu und Danilo meinte, in ihm einen der Markthändler zu erkennen, einen freundlichen Mann, der immer, wenn Danilo mit seiner Gruppe über den Platz patrouillierte, einige Worte mit ihnen wechselte. Eine kleine Geste nur, aber durchaus nicht selbstverständlich in diesem Land!

Danilo sah, dass der klapprige LKW wie ein Pferd bockte, dann stieg das gesamte Vorderteil des Fahrzeuges in die Luft, Teile flogen in alle Himmelsrichtungen. Die Sprengladung musste gewaltig gewesen sein. Danilo stieg auf die Bremse und voller Grauen sahen sie die Überreste des Wagens wie einen schwarzen Regen herabrieseln. Seltsam, alles Fallen kam ihm unwirklich langsam vor!

Von den Menschen, die in der Fahrerkabine saßen, war nichts übriggeblieben. Danilo und seine Kameraden standen sprachlos neben den Trümmern, bis sie sich auf ihre Aufgabe besannen. Schließlich konnten die Feinde noch in der Nähe sein.

Ja, so war das. Die freundlichen Menschen, die ihre Kinder zu ihnen schickten, die so gern ihre Markttage abhielten und sich nach Frieden sehnten, waren nicht die einzigen Bewohner des Landes.

Denn auch jene, die ein freies Afghanistan wollten, und zwar frei von ihnen, den Besatzern, machten ihr Recht auf ihre Heimat geltend. Sie taten dies mit Gewalt und deren Feinde waren sie, Danilo und seine Kameraden, die doch die Demokratie am Hindukusch verteidigen wollten!

Aus Sicht der Taliban ging ihr Anschlag zwar nur knapp daneben, denn sie hätten viel lieber den dicken Panzerwagen geknackt, allerdings würden sie in Zukunft auf das automatische mechanische Auslösen verzichten. Eine Fernzündung im richtigen Moment wäre sehr viel wirkungsvoller gewesen. Oder ein Selbstmordattentäter. Pech, dass es der nette LKW-Fahrer so eilig hatte.

Einige Kämpfer beobachteten die Explosion durch ihre Feldstecher. Als der LKW in die Luft flog, setzten sie die Ferngläser ab und schauten sich kurz an. Ihr Kommandeur winkte ab und sie gingen in Richtung der Berge davon.

Ungefähr 400 Kilometer über ihnen erreichte ein Satellit die Position, die erforderlich war, die Szene mit hoher Auflösung zu filmen. Die Fotos gingen in Echtzeit an die zuständigen Analytiker im Pentagon.

Nur wenige Tage später erfolgten heftige Bombeneinschläge in einem Dorf, unweit des Überfalls. Die Bomben löschten das Dorf vollständig aus. Die Kameras des Beobachtungssatelliten stellten in der Nacht nach dem Bombardement keinerlei Infrarotstrahlung mehr fest. Die Analytiker konstatierten, dass alles Leben dort ausgelöscht war. Kein Mensch hatte den Angriff überlebt, keine Männer, keine Frauen, keine Kinder, keine Tiere. Nichts!

Nichts Lebendiges mehr festzustellen, dort an den Hängen des Hindukuschs.

Davon wussten allerdings Danilo und seine Kameraden nichts. Danilo wurde und wurde die Bilder nicht los und schon gar nicht den Gestank der verbrannten Menschen, deren Reste sie im Durcheinander der explodierten Teile wussten.

Mit diesen Eindrücken musste Danilo nun leben; sein ethischer Anspruch hatte einen schweren Knacks bekommen.

Immer wieder sah er das letzte Winken des sorglosen Fahrers vor sich, der die Sprengfalle auslöste.

Mit diesem Bild mehrten sich seine Zweifel. Was wollten sie überhaupt hier, in diesem Land, wo sie nicht willkommen waren?

Jahr um Jahr starben Menschen. Einige Jahre später geriet Danilo mit seiner Gruppe nichts ahnend in einen Hinterhalt. Am 18.11.2011 eröffnete gegen 12.00 Uhr Ortszeit Mohammed Afzal, ein 26jähriger Soldat der Afghanischen Nationalarmee, also eigentlich ein Verbündeter, innerhalb des Außenpostens „OP North" in der Provinz Baghlan mit einer Kalaschnikoff AK 47 das Feuer auf mehrere deutsche Soldaten.

Hauptfeldwebel Georg Missulia (30 Jahre alt) wurde getötet, acht Soldaten wurden verwundet, davon vier schwer. Bei dem Feuergefecht wurde auch der Attentäter getötet. Von den Schwerverletzten starben wenig später zwei weitere Soldaten an den Folgen der Verletzungen: Stabsgefreiter Konstantin Menz (22 Jahre alt) und Hauptgefreiter Georg Kurat (21 Jahre alt) [1].

Die Kugel, die Danilo traf, war ein Querschläger. Das taumelnde Projektil zerfetzte ihm den linken Oberarm, bevor es unter der Schutzweste in die Lunge eindrang. Die zerstörten Muskeln und Knochen retteten ihm das Leben, denn nur wenige Zentimeter vor der lebenswichtigen Aorta blieb das Geschoss im Gewebe stecken.

Im August 2021 erfolgte nach dem Abzug wesentlicher Truppenteile der NATO, darunter auch der deutschen Truppen aus Kundus, der Einmarsch der Taliban in Kabul. Ihrer Machtübernahme stand nichts mehr im Wege, ebenso wenig der erneuten Errichtung ihres Islamischen Emirats Afghanistan.

[1]Quelle:
https://de.wikipedia.org/wiki/Todesfälle_der_Bundeswehr_bei_Auslandseinsätzen

Danilo ist heimgekehrt und trainiert nach mehre-
ren Operationen die Beweglichkeit seines linken
Armes. Die vollständige Leistungsfähigkeit seiner Lunge wird er wohl nie wieder erreichen
können. Trotzdem konnte Danilo seinen Job als
Kranfahrer wieder aufnehmen. In Deutschland
wird viel gebaut.

Toleranz

Wo wir gerade bei der Verteidigung der Demokratie am Hindukusch waren: es sollte sich inzwischen herumgesprochen haben, dass Demokratie
nur funktioniert, wenn sich alle Teilnehmer eines
demokratischen Gemeinwesens an die Spielre-
geln halten. Es gibt da ja den bekannten Spruch,
Demokratie geht nur mit Demokraten.

Wissen Sie, was einen lupenreinen Demokraten
eigentlich ausmacht? Es ist die wirklich sehr, sehr
seltene Eigenschaft echter Toleranz. Dabei können Sie Hinz und Kunz fragen, welche positiven
charakterlichen Gegebenheiten diese an sich
selbst als erstes feststellen würden. Nehmen wir
mal an, sie ziehen eine Stichprobe durch die Be-
fragung von fünf Menschen. Sie können Gift darauf nehmen, dass die meisten von ihren Proban-
den bei der Nennung ihrer positiven Eigenschaf-
ten Toleranz nicht an die letzte Stelle setzen würden.

Sowohl Frauen als auch Männer meinen, dass sie
hervorragend mit Andersdenkenden zurechtkä-

men. Was ich davon halte? Ich will es Ihnen unumwunden sagen: es handelt sich um reines
Wunschdenken! Wir Menschen sind so tolerant
wie Flusssäure und ich will Ihnen gleich ein Beispiel dafür liefern. Oder zwei.

Damit ich niemandem wehtue, fange ich mit gu-
tem Beispiel bei mir selbst an. Na klar bin auch
ich tolerant! Wenn jemand seinen Hund auf den
Gehweg scheißen lässt, interessiert mich das
nicht. Neulich bin ich mitten in Rostock in einen
Haufen getreten und habe mich nicht ein bisschen
darüber aufgeregt. Ich bin ein wenig beiseite auf
den Grünstreifen getreten, habe meinem Hund,
den ich gerade ausführte, die lange Leine gelassen und mir in aller Seelenruhe die Kacke von
den Schuhen gekratzt.

Ein einfaches Beispiel, das hätten Sie auch ge-
konnt? Warten Sie's ab. Während ich mir also
wieder und wieder die Schuhsohlen auskratzte –
am Ende musste ich sogar die Bordsteinkante zu
Hilfe nehmen, weil das Zeug so furchtbar klebte -
sprach mich eine junge Burkaträgerin an:

„Ihr Hund!"

Ich schaute nur kurz auf, musterte die gut ver-
packte Frauengestalt, dann meinen Hund, der sich
furchtbar abmühte, sein Häufchen zu setzen. Er

leidet ein wenig an Verstopfung, der Ärmste! Manchmal jammert er vor Schmerzen, wenn er kackern muss. Also bitte! Diesmal allerdings nichts davon. Ich schob meinen Schuh also entgegengesetzt zur bisherigen Richtung an der Betonkante entlang und sagte kein Wort. Die Frau ließ nicht locker.

„Der soll da nicht…!"

Und jetzt, wissen Sie, jetzt kam meine Toleranz echt zur Entfaltung, denn ich regte mich immer noch nicht auf. Nicht die Bohne! Allerdings finde ich es nicht korrekt, wenn mich Immigranten auf unsere Ordnungsliebe aufmerksam machen. Schließlich könnten sie sich ja um die Ordnung in ihrem eigenen Land kümmern. Ich habe die Frau gefragt, wo sie herkäme. Sie kam tatsächlich aus einer Gegend, wo die Hunde ganz gewiss hinkackern können, wo sie wollen, und das sagte ich ihr auch: Sie möge meinen Hund mal schön aus der Sache raushalten, denn der ist ja schließlich hier geboren. Ja, genau das sagte ich ihr und weil ein paar Autos vorbeifuhren, sagte ich das wohl etwas lauter. Die junge Frau zog den Kopf ein und verschwand ohne ein weiteres Wort.

Ich war inzwischen nicht mehr der einzige, der den Grünstreifen zur Hygienepflege seines Hundes nutzte.

Ein paar Typen kamen hinzu – bunt gefärbte Haare, schwarze Lederklamotten. Sie kennen die Sorte sicherlich. Keine Ahnung, ob das Männlein oder Weiblein waren. Da konnte ich meine nicht unerhebliche Menschenkenntnis selbst bei der Burkaträgerin besser einsetzen, als bei denen! Eines der Wesen war jedenfalls ein ziemlich groß gewachsenes Exemplar. Und der machte mich direkt und ohne viel Federlesens an:

„Brüll hier nicht so rum, Opa!"

Ich habe da so meine Theorie von solchen Mitgliedern unserer Gesellschaft. Ich nenne sie Guanchen, wissen Sie, wie die Eingeborenen, die den Touristen auf den Kanaren den Dreck hinterherräumen. Obwohl die hier bestimmt keinen Dreck wegräumen. Weder von sich, noch von anderen. Jedenfalls wohnen meine Guanchen in Neubaublöcken, in Wohnsilos, wo sonst keiner hin will. Und die sind ganz gewiss keine Demokraten und folglich auch wenig tolerant. Sonst wären sie mir ja wohl nicht gleich so dämlich gekommen! Gutsituierte Leute anmachen, die nur ein wenig Milieustudien betreiben wollen? Ich bitte Sie!

Der lange Lulatsch jedenfalls hatte einen Hund dabei, eine Töle, langbeinig und bestimmt vierzig Kilo schwer. Das Vieh rannte ohne Leine rum. Mein Herzchen wäre beinahe unter die Räder gekommen, als das Tier plötzlich neben ihm auftauchte und mit ihm spielen wollte. Ich habe die Leine jedenfalls sofort eingezogen und wollte mich still und freundlich wieder zu unserem Wagen zurückziehen, den ich ein paar Straßen weiter abgestellt hatte. Ich kam nicht weit, der Lulatsch rief mir hinterher.

„Eh, Alter, nimm die Kacke hier mit!"

Das Wesen deutete auf einen Haufen, der konnte gar nicht von meinem Hund sein. So einen großen Kacker hat der nämlich nicht!

Ich fummelte nach einem Hundekotbeutel. Verdammt, meine Jackentaschen waren leer! Och, da hat mir meine Alte doch glatt die Taschen ausgeräumt. Die mit ihrem Waschen immer!

Na, wenigstens hatte ich noch ein Taschentuch in der Hosentasche. Und jetzt kommt der tatsächliche Beweis meiner Toleranz, denn ich habe den fremden Haufen ohne weitere Proteste aufgelesen und in den nächsten Papierkorb geschmissen.

Nur wenig später stieg meine Frau Elsa in unser Auto. Das ist ein SUV, müssen Sie wissen. So ein etwas höheres Fahrzeug passt ganz gut zu den eigenen Möglichkeiten, wenn die Knie nicht mehr richtig mitmachen wollen. An diesem Tag sollte das jedoch kein Problem sein, nach den Hyaluronspritzen, die der Arzt meiner Frau in die Knie gedonnert hatte. Genau aus diesem Grund waren wir schließlich hier, in Rostock! Die Krankenkassen bezahlen das nicht und wenn wir schon blechen müssen, dann suchen wir uns auch nur das Beste raus. Ist ja wohl klar, oder? Man gönnt sich ja sonst nichts!

Sie mögen es glauben oder nicht, mit meiner Frau ging meine Toleranzübung gleich weiter. Nachdem ich ihr ganz höflich mitteilte, dass sie die Hundebeutel, wenn sie diese schon aus meiner Jacke entfernen muss, doch bitte nach dem Waschen wieder dahin stecken möge, wo sie sie herausgenommen hat, wurde sie doch gleich pampig! Dabei gehe ich mit ihr schon sehr schonend um. Wirklich! Sonst wären wir schon lange nicht mehr zusammen. Vielleicht hatte ich nicht bedacht, dass sie gerade vier oder fünf Spritzen in die Knie bekommen hatte? Das kann schon sein. Jedenfalls forderte sie mich auf, die Jackentaschen selbst zu leeren und mir die Kotbeutel in den Hintern zu stecken.

Als ob ich wüsste, wann sie die Absicht hat, meine Jacke zu waschen! Ich war schon etwas wütend, als ich den Gang einlegte.

Dabei muss mir der Schalthebel nicht ganz an die richtige Stelle gerutscht sein, denn als es losging, fuhr der SUV doch blöderweise rückwärts. Unserem Wagen machte der Aufprall auf das hinter uns stehende Fahrzeug nicht viel aus, denn die Anhängerkupplung hält doch einiges ab, bevor es ans Eingemachte geht.

Nun habe ich bereits einige Erfahrung mit Fahrerflucht. Sie brauchen nur regelmäßig bei uns am Einkaufszentrum zu parken, dann können Sie sicher sein, dass Ihrem Wagen auf beiden Seiten Striemen verpasst werden, ohne dass der Verursacher so nett wäre, Ihnen wenigstens ein Zettelchen hinter die Scheibenwischer zu stecken.

Insofern war ich also auf alles vorbereitet, als ich mit einem Schnaufen den Vorwärtsgang wählte und unseren mächtigen Eisenberg vom aufgepickten Kleinwagen hinter uns trennte. Klar, es ruckte ein wenig, als ich die Hängerkupplung wieder unter der Stoßstange unseres Crashpartners herausriss.

Wie gesagt, es handelte sich um einen Kleinwagen und die Stoßstangen bei den Dingern… . Naja, alles Plastik und als ich ausstieg, um den Schaden zu begutachten, war außer dem zerknickten Nummernschild nichts zu bemerken. Ein wenig weiße Farbe klebte an unserem Kupplungsschutz, aber ich wollte mal nicht so sein. Aufmerksam schaute ich in alle Richtungen, ob sich vielleicht ein Zeuge finden ließe, der bestätigen könnte, wie dicht der Knallkopp an unserem Fahrzeug geparkt hatte. Das grenzte ja schließlich an Nötigung. Meine Frau reichte mir wortlos einen Zettel mit unserer Telefonnummer, als ich wieder einstieg. Die spinnt wohl? Erst meckert sie mich an und wenn ich in der Folge einen klitzekleinen Fehler mache, hält sie nicht mal zu mir, wenn es ernst wird?

Ich habe den Zettel etwas später aus dem Fenster geworfen. Mit so einem Unfug will ich doch lieber nichts zu schaffen haben!

Knapp, daneben, vorbei

Frau Knapp arbeitete an der Kasse des großen Drogeriediscounters, der im Einkaufszentrum im Nachbardorf eine Filiale eröffnet hatte. Der ganze Laden roch unwahrscheinlich gut; im Kassenbereich nach Seife, in den mittleren Gängen duftete es nach dezenten Hautpflegemitteln und selbst in der letzten Ecke roch es milde nach Reinigung und Schuhcreme.

Aber am allerbesten roch bestimmt Frau Knapp und sie war dazu noch eine Augenweide. Obwohl fast schon züchtig in die freundlich hellblaue Kluft gehüllt, die den Verkäuferinnen das Corporate Design der Kette vorgab, war nicht zu übersehen, welch knackiges Wesen sich unter dem standardisierten Outfit verbarg.

Meinem Freund Norm, der bestimmt kein Frauenheld ist, muss jedenfalls sowohl die außergewöhnliche Frische, als auch der Name der Frau ins Auge gefallen sein, denn auf dem Namensschild an der beachtlichen Brust der blonden

Schönheit stand deutlich sichtbar „Norma Knapp".

Na, wenn das keine Signalwirkung auf Norm gehabt hätte, dann wäre der gute Junge wohl blind gewesen!

In der Folge seines ersten, eher zufälligen Besuches steigerte sich die Frequenz seiner Drogeriemarkteinkäufe beachtlich und Norms Frau Inez wäre sicher aufmerksam geworden, wenn sie nicht gerade mit eigenen Problemen beschäftigt gewesen wäre.

Ich will ganz ehrlich sein, ich gönnte Norm den Ausflug in die schwärmerische Verliebtheit von Herzen, zumal seine holde Gattin offenbar nicht mehr wusste, was sie an ihrem Mann vor Jahren mal so gefesselt haben musste, dass sie ihn vor den Altar zerrte.

Wobei Altar in diesem Falle nur bildlich gemeint ist, denn Norm ist Atheist und Inez? Keine Ahnung, jedenfalls fromm ist die Gute nicht.

Zur Zeit der verliebten Ausflüge ihres Mannes in die Duftwelten des Drogeriemarktes hatte Inez schwer an der Mobberei ihres Chefs zu leiden, der wohl ein noch größeres Stinktier als sie selbst war.

Wobei, so ganz verkehrt kann Inez eigentlich nicht sein, sonst hätte es Norm nicht so lange mit ihr ausgehalten.

Denn mein Freund ist eine Seele von Mann. Er ist gutmütig, ausgeglichen und freundlich. Seine Hilfsbereitschaft ist außergewöhnlich und ich habe das Gefühl, dass diese Eigenschaft ganz gern von unseren Mitbewohnern im Dorf ausgenutzt wird. Denn es lohnt sich, Norm zu Hilfsdiensten heranzuziehen. Der Mann ist fast zwei Meter groß und am Essen hat Inez nie gespart! Wenn man sich also einen Kran sparen will, ist man ganz gut beraten, bei Inez zu fragen, ob man sich Norm mal für einen Samstag ausborgen kann. Inez mag zwar ansonsten eine ziemliche Beißzange sein, bei solchen Anfragen sagt sie jedenfalls nie nein. Und Norm sowieso nicht! Ich glaube, ihm ist das Wort ‚nein‘ wohl mal irgendwann von seinen Eltern aberzogen worden. Etwa so:

„Sei immer schön höflich, wenn dich jemand was fragt!"

Und von dieser Aufforderung bis zum permanenten Jasager ist es nicht weit. Vielleicht wäre es besser gewesen zu schweigen? Vielleicht wäre dem kleinen Kerl besser bekommen, wenn ihm beigebracht worden wäre, als erstes auf Anliegen der lieben Mitmenschen mit einem kategorischen NEIN zu antworten? Wer weiß!

Jedenfalls stelle ich mir Norm genau so vor, als Inez feststellte, dass sie schwanger geworden war: höflich.

Ich hoffe ganz stark, ihr Sohn Mario, welcher inzwischen den heimischen Herd als erwachsener Mann verlassen hat, geht tatsächlich auf Norms Konto. Von der Statur her könnte es hinkommen, da will ich nicht unken. Bloß ein Jasager ist Mario ganz gewiss nicht geworden. Wenn man von ihm etwas will, darf man stets auf das oben benannte kategorische NEIN gefasst sein! Insofern ist der Sohn also das genaue Gegenteil seines Vaters.

Norm und ich haben manches Feierabendbier miteinander geleert und Schnaps ging auch ganz ordentlich in den Kerl hinein! Kein Wunder, bei der körperlichen Konstitution. Über Inez jedoch hat er sich selbst im Suff nie beschwert, das muss man ihm lassen.

Oft genug haben wir natürlich auch über andere Frauen geredet, so am Lagerfeuer und unter Freunden. Norm hat mir niemals widersprochen, wenn ich vor ihm meine Theorien über die Männer ausgebreitet habe, die sich mit über vierzig eine Zwanzigjährige zulegen müssen. Ich halte von solchen Kerlen nämlich nicht allzu viel.

Tja, und dann die Sache mit Norma. Wie gesagt, ich gönnte ihm den Ausflug in romantische Gefilde. Bloß, was er sich dann als Anmache ausdachte, das fand ich doch ziemlich abgefahren.

Ich nehme an, Norm muss auf die Sache mit dem Spielgeld beim Ausräumen des Zimmers von Mario gekommen sein. Eines Tages zeigte er mir eine Tüte mit Scherzartikeln, darunter waren zwei fünfundsiebzig Euro Scheine und einer mit einer fetten Dreißig darauf.

Hätte ich gewusst, dass er plant, mit diesem Schein die Aufmerksamkeit von Norma zu erwirken – ich hätte ihm dringend abgeraten. Man weiß ja schließlich aus Erfahrung, wie solche Späßchen ausgehen. Um es kurz zu machen: er hat mich nicht gefragt und die Sache ging selbstverständlich gegen den Baum.

Norm hatte sich gedacht, dass er ein Stück Seife mit dem Dreißiger bezahlen würde. Die Sache würde natürlich als Scherz aufgefasst und in der Folge gemeinsam belacht werden! Typischer Fall von denkste!

Womit er nicht rechnete war, dass Norma den Schein ohne mit der Wimper zu zucken vereinnahmen, und ihm das entsprechende Wechselgeld aus dem Rückgabeautomaten entgegenpurzeln würde.

Norm kaute noch an seinem geplanten Gag mit der Geldwäsche herum, als Norma bereits die Kassenschiene umschlug und die Waren der nächsten Kundin in das Fach neben seiner Seife rutschten.

Als er sah, wie Norma ungefähr zwanzig Packungen Kondome, mehrere Dutzend Tuben Gleitmittel und einige Großpackungen Küchentücher völlig ungerührt über den Scanner schob, machte sich Norm über deren Verwendung Gedanken.

Er glotzte auf die Packungen, die Stück für Stück neben seinem Fach das Ende des Warenbandes erreichten. Ein peinlicher Moment?

Die junge Frau, die immer noch Hygieneartikel auf das Transportband legte, kniff jedenfalls die Augenbrauen finster zusammen, als sie sah, wie ein Hüne von Mann ihre Einkäufe kritisch musterte.

So ging die zweite Möglichkeit, mit einem lockeren Scherz die Aufmerksamkeit der Angebeteten zu erringen, ebenfalls vorüber. Erst als einige

Packungen der intimen Hilfsmittel in seine Warenbox überquollen, verließ ihn seine vorübergehende Erstarrung. Er schnappte sich die Seife und trollte sich.

Was sich Norma von ihren Kolleginnen und Kollegen anhören musste, als sich herausstellte, dass sie einen Dreißigeuroschein zur Kassenprüfung vorlegte, können wir nur vermuten.

Gewiss aber ist, dass sie auf den Kerl, der ihr den Dreißiger angedreht hatte, mordssauer war. Sie zögerte nicht, den Vorfall zur Anzeige zu bringen.

Den Rest kenne ich nur vom Hörensagen. Norm war nicht zu Hause, als ein Großaufgebot der Polizei antrat, um dem Treiben der vermuteten Falschmünzer in unserem Ort ein für alle Mal ein Ende zu bereiten.

Sie können sich das Gesicht der lieben Inez sicherlich vorstellen, als eine Horde uniformierter Gesellen ihre Heiligtümer durchwühlte. Besonders sauer reagierte sie auf die Durchsuchung ihrer Unterwäsche.

Es dauerte Monate, bis sie dieses Trauma verarbeitet hatte. Das Schlimmste für sie war der Überraschungseffekt. Quasi aus dem blauen

Himmel heraus, sah sie sich an den Pranger gestellt.

Als Norm dann nach Hause kam, seine Aktentasche in aller Ruhe in der Garderobe abstellte, um sich von der leitenden Ermittlungsbeamtin den Durchsuchungsbeschluss zeigen zu lassen, wurde die Sache keinen Deut besser.

Norm holte, wiederum die Ruhe selbst, die Tüte mit den Jokescheinen aus seinem Schreibtisch und meinte, dass sie ihn auch hätten fragen können, statt einen solchen Bohei zu veranstalten.

Wie auch immer, Norm wohnte danach einige Wochen bei mir und ich glaube, sein Entschluss, zu Inez zurückzukehren, war nicht gerade eine seiner Sternstunden.

Die Sache mit Frau Knapp jedenfalls hatte sich erledigt. Seit der Hausdurchsuchung ist Norm nicht ein einziges Mal mehr bei Norma einkaufen gewesen. Ich will ja nicht als Besserwisser dastehen, aber ich meine, sie war sowieso viel zu jung für ihn.

Eine Frage an das Volk

Das hätte der König nicht erwartet. Dass sich die Mitglieder des Oberhauses gegen Entscheidungen des Unterhauses wehrten, war ja quasi Tagesgeschäft. Auch den leidigen Hickhack innerhalb der beiden hohen Häuser kannte er zur Genüge. Aber dass ihm die Regierungsgeschäfte aus der Hand genommen wurden, nein, das war absolut inakzeptabel!

Wie hasste er das Gehabe John Pyms, der als Vertreter des Unterhauses ständig neue Forderungen an ihn herantrug. Als ob das Parlament bestimmen könnte, was er, der gottgewollte Herrscher, im Auftrage des Herrn für sein Reich zu tun hätte?

John und sein aufgeblasenes Gelaber. Schon wenn er die klackenden Schritte der Schuhe dieses Wichts hörte, wurde ihm ganz anders. Ließ der Mann seine Schuhe etwa beschlagen? Ging er auf Hufeisen, wie ein Pferd? Leise kicherte Karl in seinen Spitzbart.

Jaja, beschlagen war der Mann, zweifelsohne!

Oder erst die Manie, vor jeder Rede, die der Kerl begann, die weiten Ärmel seines Umhanges zurück zu schütteln. Noch während er an diese seltsame Marotte dachte, hörte er das verhasste Klappern der Schuhe auf dem Gang.

Fade, dachte er, fade ist der ganze Kerl! John Lax, der Name hätte besser zu ihm gepasst, keine Frage!

Noch bevor John Pym gegen die Tür schlug, riss der König die Kammertür auf.

„Nur herein, John, was gibt es Neues?"

Der Parlamentssprecher ließ den zum Schlag gegen die Tür erhobenen Arm sinken. Dann nahm er sich sichtlich zusammen und richtete seine leicht vorstehenden Augen auf die gebeugte Gestalt vor sich.

„Euer Exzellenz, es ist so weit. Ihr müsst nun London befragen!"

Pym hob die Arme, so dass die weiten Ärmel bis zu den Ellenbogen zurück rutschten. Den König schüttelte es ein wenig.

„London? Meint ihr etwa den Plebs vor den Toren des Towers? Wisst ihr, was es bedeutet, wenn ich dem Pöbel die Frage stelle, ob nicht etwa ihr König, sondern das Unterhaus die Gesetze zu verabschieden hätte?"

John Pym verbeugte sich ein wenig in Richtung des Königs.

„Ja, ich weiß, es ist nicht leicht für Euch, die Frage zu stellen. Bedenkt jedoch, ich habe die Regel nicht gemacht, wohl aber werde ich sie umsetzen!"

Der König tritt an eine der zugigen Luken, aus denen er auf die Menschen blicken kann, die den Tower förmlich belagern. Die Wachen stehen gelassen an den etwas erhöhten Schießscharten. Auch sie warten darauf, dass sich der König zeigt, um dem Volk Londons die Frage zu stellen, ob künftig das Parlament die Gesetze erlassen soll und nicht, wie seit ewigen Zeiten, der König selbst.

Die Menge wogt sanft hin und her. Ab und zu dringt Gelächter herauf. Der König streicht sich den Bart. Sein ohnehin langes Gesicht wirkt noch eine Spur länger. Schließlich zieht er sich den Pelz etwas fester um die Schultern.

Nicht genug, dass er sich mit den renitenten Vertretern des Adels und der Stände herumplagen muss! Schlimm genug, dass sich Ober- und Unterhaus nicht einigen können.

Aber was geht ihn das an? Warum muss er das Volk befragen, ob ihr gottgewollter König die Gesetze festlegen kann oder dieser verdammte John Pym!

Er schüttelt den Kopf. Dieser Mensch aber auch! Am einfachsten wäre, den Kerl einfach zu verhaften und ihm den Prozess zu machen! Verdrossen dreht er sich um. John Pym steht wartend in der Tür. Klar, der Kerl ist scharf darauf, die Frage zu hören.

Was, wenn die Meute da vor der Tür diesen unmöglichen Kerl mit der Macht ausstattet, die ihm zusteht? Braucht ihn denn dann überhaupt noch jemand? Einen König, der nur noch seine Krone herumschleppt und ansonsten nichts zu sagen hat?

Wieder schaut der König auf die Menge am Fuße des Turmes. Dieser graue Haufen soll bestimmen, wer die Macht über das Reich ausüben soll? Pah, die wissen doch nicht einmal, wer die Macht in den eigenen vier Wänden hat! Wieder schüttelt es den König.

„Sir, Ihr müsst jetzt bitte kommen!"

Pym klopft nun gegen die Tür, als bäte er nochmals um Einlass.

Der König lässt den gebeugten Rücken noch ein wenig sacken, dann schlurft er zur Tür.

John Pym tritt zur Seite. Während der König langsam Stufe für Stufe den Weg vom Turm zur Empore über der Menge herabsteigt, verändert sich seine Haltung. Von Stufe zu Stufe scheint sich der Rücken des Mannes zu straffen, wird sein anfangs schlurfender Gang zum Schreiten.

Kurz vor dem Balkon, von dem aus die Frage zu stellen ist, hält der König inne. Dann stößt er die Tür auf.

Die Rufe aus der Menge werden zu einem einzigen Schrei.

„Da, da ist er! Der König!"

Dann wird es still.

Da stehen sie, die Menschen aus der großen Stadt, wahrscheinlich der größten Stadt der Welt, und sie starren auf die Gestalt über ihnen. Der weiße Kragen des Hermelinpelzes auf Karls Schultern leuchtet in der Abenddämmerung.

Im Kopf des Königs purzeln die Worte durcheinander. Was, was wollt ihr? Einen anderen König? Ein anderes Land?

Dann besinnt er sich und schwer fallen ihm die Worte aus dem Mund.

„Bürger Londons!"

Erste Pfiffe werden laut.

„Bürger Londons! Ich frage euch!"

Und wieder ist es still. John Pym drängt sich an die Seite seines Königs. Ein Raunen geht durch die Menge.

„Ich frage euch also: wollt ihr, dass dieser Mann hier neben mir, John Pym, statt eures gottgewollten Königs die Gesetze macht?"

Die Stimme des Königs trägt weit und sie ist voller Hohn. Die Wände reflektieren die Worte. Die Menschen starren auf die beiden Gestalten dort oben auf dem Balkon. Es ist wieder ganz still. Des Königs Finger krampfen sich in die steinerne Brüstung. Eine einzelne Stimme ruft:

„John!"

Dann bricht das Schweigen.

„John Pym!"

Alle Münder schreien nun diesen Namen und gewaltig hallen die Mauern.

„Joooohn Pyyyym!"

Langsam tritt der König von der Brüstung zurück, als ob ihn das Gebrüll aus der Menge davontreibt. Nur John bleibt stehen. Ganz langsam breitet sich ein Lächeln über sein Gesicht.

Dissen

Kennen Sie Dissen? Meine Frau und ich fahren regelmäßig dahin und wir tun dies nur, weil die Familie unseres ältesten Sohnes dort lebt. Anfangs fuhren wir einmal im Quartal, aber inzwischen ist die Fahrt zu gefährlich geworden und wir fahren höchstens noch einmal im Jahr.

Es war ja abzusehen, dass die Teilung des Landes zu Problemen führen würde, darin hatten wir Deutschen ja langjährige Erfahrung gesammelt. Aber wer konnte schon ahnen, dass es so schlimm werden würde?

Es begann ganz unspektakulär. Die Liberalen machten, was sie sich auf die Fahnen geschrieben hatten: sie liberalisierten! Der Kapitalmarkt wurde befreit und das Bargeld abgeschafft. Die IT-Branche erlebte einen letzten Höhenflug, die Renditen explodierten regelrecht.

Klar, dass die Reichen ein wenig Angst bekamen, wenn sie auf die Massen der Armen schauten, die sich in den Großstädten ihre eigenen Parallelgesellschaften schufen. Bloß, wenn das die Ärmsten der Armen konnten, warum konnten die Reichen dann nicht ein Gleiches? Sie konnten.

Sie alle kennen die ersten Musterstädte, die ersten Versuche, in einer kaputten Welt heile Bereiche herzustellen.

Alle, die es sich leisten konnten, zogen aufs Land. Es setzte eine regelrechte Stadtflucht ein und in den verlassenen Großstädten herrschte das Gesetz der Stärke, und, natürlich, des Geldes. Die paar Querköpfe, die das nicht kapierten, wurden einfach weggeekelt. ‚Entmietern‘ hieß die Parole vor aufwändigen Sanierungsarbeiten.

Während meine Frau neben mir auf dem zerfetzten Sitz des Zuges im Schlaf leise hin und her schaukelt, nehme ich meine Krücke, eine sogenannte Unterarmstütze, fest zwischen die Beine. Ich habe sie selbst ein wenig umgebaut. Die Krücke verbirgt eine Stichwaffe in sich, die ich ruck zuck aus der tarnenden Hülle ziehen kann.

In der ersten Zeit des Separationsprozesses der Leute mit Geld habe ich mitgemischt. Es hat mir sogar Spaß gemacht, das will ich ganz ehrlich sagen!

Wissen Sie, ich hatte schon damals nicht so recht etwas zu tun und den Haushalt, den hat meine Frau ganz alleine geschmissen.

Es war also zunächst ganz selbstverständlich, dass wir uns gegen die Übergriffe von Banden schützten, die laufend die Fernseher aus den unbewachten Häusern trugen.

Als aus diesen anfangs nur lästigen Einbrüchen ein regelrechter Volkssport wurde und kein Mensch mehr wusste, ob er, wenn er am Abend von einem geordneten Arbeitsverhältnis nach Hause kommt, sein schönes Eigenheim verwüstet vorfinden würde, war es doch nur vernünftig, Schutzmaßnahmen zu ergreifen, oder?

Ich jedenfalls sah das ganz und gar ein und war bereit, dafür meine Zeit einzusetzen. Ging ja am Anfang alles gut und unsere geschützte Gemeinschaft machte sogar Schlagzeilen! Das war schließlich etwas: die Kriminalität bei null und der Staat brauchte nicht einen Cent an Steuergeldern dafür aufzubringen!

Bloß leider blieb es nicht dabei! Als die Energiepreise explodierten, zog auch in den schönen Vorstädten der Katzenjammer ein. Einige der Häuser, um die ich regelmäßig Dienst schob, schimmerten nun am Abend im Kerzenlicht. Wahrscheinlich war der Strom abgeschaltet.

Das waren auch die Häuser, die als erstes wieder freigezogen wurden, als der Finanzmarkt seine Zähne zeigte, liberalisiert, versteht sich.

Die Zahl der Obdachlosen vervielfachte sich in kürzester Zeit. Logisch, dass die Wachdienste aufrüsteten, denn die Versuche, an die geschützten Bereiche der vermeintlich Vermögenden zu kommen, nahmen an Brutalität zu.

Ich selbst war zwei-, nein, dreimal im Krankenhaus. Einmal hat mich ein Kerl zusammengeschlagen – ich weiß selbst nicht, was mich geritten hatte, mich dem in den Weg zu stellen. Unser Truppführer hatte uns nur kurze Zeit vorher Elektroschocker ausgegeben. Die sollten angeblich einen Angreifer für mindestens zehn Minuten zu Boden schicken. Mag sein. Ich kam nicht mal dazu, das Ding aus seiner schicken Tasche zu ziehen, da hatte mich der Kerl schon k.o. gehauen. Und das nur mit seinen Fäusten!

Messer kamen auch zum Einsatz. Ich muss es wissen, denn bei meiner zweiten Verletzung stach mich ein Kind ins Bein. Ja, ein Kind war es, ein Mädchen. Ich erwischte die Göre, als sie mit dem ganzen Oberkörper bereits im Flurfenster eines Hauses in meinem Revier steckte. Beherzt griff ich zu, doch als ich sie auf dem Boden absetzte, zog sie einen Dolch aus dem Ärmel und stach mir ins Bein! Na, eines habe ich gelernt aus der Sache: ein Dolch ist schnell gezogen! Jetzt, wo ich hier im Zug neben meiner Frau sitze, taste ich an meinem linken Unterarm entlang. Ja, der sitzt er, sicher angeklebt und gut versteckt unter meinem Pullover. Ich konnte ihn schließlich nicht dem Mädchen lassen. Vielleicht hätte sie als nächstes in mein Herz gestochen?

Bei meiner dritten Verletzung wachte ich erst im Krankenhaus wieder auf und ich kann nicht behaupten, dass ich überhaupt etwas mitbekommen hätte. Da hatte mir wohl jemand von hinten eine ordentliche Ladung mit einem Elektroschocker verpasst. Übles Gefühl übrigens, wenn man mit so einem furchtbaren Schmerz ins Nirwana geschossen wird!

Langsam wird es dunkel. Der Zug schleicht durch die Vororte von Dissen. Wenn Sie mich fragen, sind aus den ehemals stolzen Eigenheimsiedlungen schlicht und einfach Slums geworden. Und das sind noch die besseren Verwendungsmöglichkeiten, für die ehemals so heiß begehrten Häuser. Ein Großteil der Viertel außerhalb der Städte steht leer. Geisterstädte im wahrsten Sinne des Wortes. Mich jammert es immer, wenn ich an die vielen vergeblichen Hoffnungen denke, an die enttäuschten Menschen…

Aber was unke ich. Bei uns auf dem Land sieht es nicht einen Deut besser aus. Die Straßen sind reine Schotterpisten, auf denen wir mit unseren Fahrrädern aufpassen müssen, damit wir nicht stürzen. An sich ist das ja egal, doch von Zeit zu Zeit müssen wir einfach in die Stadt, sonst ist das Leben schlicht und einfach zu Ende für uns. Das gilt sowohl für mich, als auch für meine Frau, denn wenn wir unsere Medikamente nicht regel- mäßig bekommen, ist eben Sense! Das letzte Mal bin ich lieber neben meiner Frau gelaufen. Das dauerte zwar eine gute Stunde länger bis zum Arzt, aber da wir dort sowieso den ganzen Tag warten müssen, ist es auch schon egal.

Und so schieben wir einmal im Quartal unsere Räder durch die Gegend. Muss eben sein!

Ich weiß natürlich, dass es auch anders geht. Sie kennen doch sicher auch die Sendungen, die über ComeOn gebracht wurden?

Wer dort lebt, der hat es geschafft! Die Häuser sind selbstverständlich warm, die Luft ist sauber und Überschwemmungen gibt es ebenfalls nicht. Tja, das lassen sich die Leute dort auch einiges kosten. Und eins dürfen Sie wissen: dort rennen nicht so armselige Hampelmänner wie ich, ausgestattet mit einem Elektroschocker, an der Grenze entlang. Nein, die haben richtige Betäubungsgewehre. Ich habe gehört, dass die Überwachung via Satellit stattfindet. Schon bei Annäherung unerwünschter Personen werden angemessene Abwehrmaßnahmen getroffen. Wenn die dann tatsächlich so wahnsinnig sein sollten und über die Mauer klettern, steht das Empfangskommando bereit. Wissen Sie, was dann kommt? Malen Sie sich aus, was Sie wollen, jedenfalls habe ich noch keinen aus dem einschlägigen Milieu berichten hören, dass er ein zweites Mal einen Angriff auf ComeOn versucht hätte!

Und wenn ganze Heerscharen kommen, könnten Sie einwerfen? Hat ja schließlich an den EU-Außengrenzen auch funktioniert. Da kann ich Ihnen nur sagen, dass Sie falsch informiert sind, denn das hat nie so richtig hingehauen. Das Verhältnis von Ohnmacht und Macht ist da einfach zu extrem! Denken Sie vielleicht, da hätte irgendeine der armseligen Gestalten ihr Glück in der EU gefunden, nachdem sie einmal als Störer identifiziert wurde? Vergessen Sie's!

Die Waffen sind auf der richtigen Seite. Na, irgendwo musste der ganze Krempel ja hin, nun, da die Bedrohung nicht mehr aus der Ferne kommt. Die Armee mit ihren bisherigen Feindbildern war schlicht und einfach überflüssig geworden, als sich die Bedrohungslage von der Abwehr von Übergriffen von außen in einen Kampf gegen einen Teil der eigenen Bevölkerung verwandelte.

Den Krieg gegen die Natur dürfen wir natürlich auch nicht vergessen, schließlich konnte die Armee bei Umweltkatastrophen, wie sie nun Jahr für Jahr an der Tagesordnung waren, schon helfen!

Ich höre den Aufschrei meiner Frau: ‚Krieg gegen die Natur, so ein Unsinn!'

Aber als was dürfen wir es denn sonst bezeichnen, wenn wir unsere ganze Kraft darauf verwenden, uns das Wasser vom Hals zu halten, den Wind, oder das Feuer? Verhinderung einer friedlichen Übernahme? Na, ich weiß ja nicht!

ComeOn

Noch vor wenigen Wochen hätte Peer gelacht, wenn ich ihm gesagt hätte, dass ich es einfach nicht mehr aushalte. Und er hätte natürlich recht gehabt, zu diesem Zeitpunkt jedenfalls. Wahrscheinlich hätte er mir unter die Nase gerieben, dass ich selbst ja schließlich die Wahl getroffen habe, nicht er. Dabei bleibt mir bis heute ein Rätsel, wie ein Mann, nein, wie mein Mann, der Vater und Beschützer meiner Kinder, den Kopf so in den Sand stecken konnte.

Schließlich hätte er, ebenso wie ich, sehen können, wie schlecht es mir ging. Aber dass sich die Situation derart drastisch verändern würde, hätte ich selbst nicht geglaubt, wenn Sie mich vor einigen Wochen gefragt hätten.

Damals hatten wir den Vertrag mit ComeOn noch nicht abgeschlossen und die täglichen Probleme wuchsen mir einfach über den Kopf. Es begann mit den einfachsten Dingen. Wenn der Bus morgens nicht pünktlich vor der Haustür stand, um die Kinder zur Schule zu fahren, bekam ich Herzrasen. Sie finden das übertrieben? Ich nicht, das sage ich Ihnen! Wir wohnten etwas abseits, am Ende der Stichstraße, die zum Wendehammer führte und die Gemeinde hatte aus Kostengründen das Straßenlicht auf ein Minimum reduziert. Im Sommer war das kein Problem, versteht sich, aber im Winter war es zappenduster auf den letzten Metern bis zu unserer Haustür.

Ich gebe es offen zu, ich bin Peer gegenüber nicht immer gerecht gewesen. Aber was hätten Sie getan, wenn Ihr innigster Vertrauter Sie nicht ernst genommen hätte? Peer jedenfalls schob sich, wenn ich das Problem unserer fehlenden Sicherheit ansprach, die Brille auf die Nasenspitze, schaute mich an, wie man ein aufdringliches Insekt ansieht und sagte:

„Mira, Du übertreibst!"

Ich sage Ihnen, ich hasse das!

Irgendeiner unserer lieben Nachbarn war auf die Idee gekommen, seine Essensreste auf den Kompost zu werfen. Der Duft der Speisen muss für alle möglichen Viecher wie eine Einladung zum Dinner gewirkt haben. Als ich ein gewaltiges Wildschwein sah, welches in aller Seelenruhe auf der Straße entlang schlenderte, schlug ich die Tür hinter mir zu und starrte dem Vieh nach, bis es im Gebüsch hinter dem Wendehammer verschwand. Von da an hatte ich Angst, wenn sich das Gartentor hinter mir schloss.

Lina und Nina, unseren Töchtern, die mir begeistert von zwei Waschbären erzählten, die den Komposter unseres Nachbarn durchwühlten, hatte ich ebenfalls verboten, nach Sonnenuntergang auf unserer Straße zu spielen.

Vor Sonnenaufgang hatte ich die Sache im Griff, außer, wenn der Bus nicht kam. Peer waren diese Probleme fremd, denn er verschwand vorher zur Arbeit und ich habe das unangenehme Gefühl, dass er die Arbeitszeit ganz gern ein wenig ausdehnte, nur um sich meine Vorwürfe nicht anhören zu müssen.

Immerhin, irgendwann hat er meine Ängste ernst genommen, sonst hätten wir das Angebot von ComeOn niemals angenommen. Tatsächlich gibt es in der gesicherten Gemeinschaft, die uns die Firma versprach, wirklich nicht ein einziges Wildschwein. Da können die Bewohner, es sind ungefähr fünfzig Familien und es kommen jeden Monat vier oder fünf hinzu, sicher sein.

Wildschweine kommen einfach nicht über die Betonmauern hinweg, die das Areal von ComeOn abgrenzen. Der vordere Eingangsbereich wird von einem Sicherheitsdienst bewacht und die beiden Nebenausfahrten, so versichern es jedenfalls die Vertreter von ComeOn, sind durchschlupfsicher, wenn sich die Tore hinter den ausfahrenden Fahrzeugen wieder schließen.

Erhöhte Sicherheit habe ich also erreicht. Die Kinder könnten nun auch nach Sonnenuntergang oder vor Sonnenaufgang in aller Ruhe draußen spielen. Inzwischen habe ich Zweifel. Vielleicht habe ich das Ziel falsch gewählt?

Die Straßen in der Wohnsiedlung liegen jedenfalls in den dunklen Stunden leer und verlassen. Spielende Kinder? Fehlanzeige! Und überhaupt: dunkle Stunden! Die gibt es nicht auf dem Gelände von ‚ComeOn‘, denn die Straßen sind rund um die Uhr beleuchtet. Nicht einmal eine Ratte kann sich sehen lassen, ohne dass Bewegungsmelder ihre Warntöne an die Zentrale schicken. In der Zentrale, nehme ich an, werden dann angemessene Maßnahmen festgelegt.

Letzte Woche sah ich, wie ein Marder über die Straße vor unserem Fenster hoppelte. Ich lächelte, als ich daran dachte, dass so ein kleines Tier die Sicherheitsversprechen der Firmenleitung ad absurdum führte. Doch als das Tier am Zaun des

Nachbarhauses Männchen machte, klebte es förmlich fest. Keine Ahnung, was ihm dort widerfahren war, jedenfalls kam wenig später ein weißer Elektrotransporter. Ein Mann im Schutzanzug, ebenfalls ganz in Weiß, stieg aus und pflückte das gelähmte Tier einfach so vom Zaun. Er steckte den Marder in einen Sack, der war weiß, versteht sich.

Danach lag die Straße wieder wie zuvor vor unserem Fenster. Ich kann mir nicht helfen, sie erinnert mich an ein Videostandbild. Irgendwie tun mir die Viecher jetzt leid.

Jeder Dritte

Wenn die Belegschaft das Warenhaus verließ, wurde üblicherweise jeder Dritte kontrolliert. Weil die Angestellten nicht wussten, wie viele ihrer Kollegen die Schleuse bereits passiert hatten, war ihnen auch nicht ohne Weiteres klar, ob sie nun der jeweilige Dritte waren oder nicht.

Mir waren die Kontrollen sowieso egal, denn ich klaue prinzipiell nicht. Ich kann mir meinen Krempel durch ehrliche Arbeit erwerben.

Wissen Sie, diese Einstellung ist für mich viel gesünder, denn allein schon wenn ich an einen Diebstahl denke, werde ich rot. Ich schäme mich und kann nichts dagegen tun.

Andere mögen da abgebrühter sein. Ich war viele Jahre Betriebsratsmitglied in unserer Firma und oft genug mussten wir unseren Segen zum Aufstellen von Überwachungskameras geben, weil mal wieder zu viel geklaut wurde. Die Fotofallen funktionierten immer! Mir ist kein einziges Mal bekannt, bei dem sich der Verdacht gegenüber einem klauenden Kollegen nicht bestätigt hätte. Es gab da die seltsamsten Vorgehensweisen. Sie kennen sicher die Mitarbeiter, die hinter jedem nutzbaren Winkel die Bierflasche stehen haben? Um die ging es nicht, die wurden zur Entziehungskur geschickt, wenn sie es gar zu arg trieben. Nein, es ging um systematischen Diebstahl von großen und kleinen Geräten.

Große Geräte wurden ganz gern in Bereichen abgestellt, die außerhalb der üblichen Überwachungskameras im Dunkeln und von außen erreichbar waren. Kleinteile wurden einfach in Unterhosen, Schlüpfer oder Brusthalter gesteckt. Denn genau diese durften bei den täglichen Ausgangskontrollen nicht durchsucht werden.

Ich kannte also die Verfahrensweisen sehr gut. Trotzdem, mir ein Kleinteil in den BH zu stecken, wäre mir niemals in den Sinn gekommen. Obwohl ich das sicher hätte tun können, denn schließlich hätte ich den Einsatz einer zusätzlichen Kamera schon vorher gewusst.

Aber, wie gesagt, das widerstrebt meinem Naturell und selbst wenn ich klauen wollte, ich könnte es nicht. Niemals!

Es war also inzwischen schon fast Routine, dass alle Jahre wieder einer unserer Mitarbeiter dabei erwischt wurde, wie sie oder er versuchte, das Sicherheitssystem zu unterlaufen.

Der Beruf eines Verkäufers ist nicht übermäßig anstrengend, und, ganz ehrlich, manchmal etwas langweilig. Besonders in der berühmten Sauregurkenzeit können die Gedanken in aller Ruhe spazieren gehen. Manch einer wird dann an einen ungerechtfertigt hohen Preis denken und wie man dem bei hinreichend bescheidenem Gehalt Abhilfe schaffen könnte. Ich kannte inzwischen etliche Beispiele und war gewarnt! Nicht vorbereitet war ich allerdings auf Hinterlist.

Ich hatte ein gutes Verhältnis zu meinen Kollegen, sonst hätten sie mich nicht in den Betriebsrat gewählt. Vielleicht bin ich jemandem auf die Füße getreten? Ich weiß es bis heute nicht. Bleiben Vermutungen, aber ob die stimmen?

Als ich eines Abends auf den Ausgang zusteuerte, fasste ich in meine Jackentasche. Suchte ich einen Schlüssel? Das ist möglich, denn Schlüssel suche ich ganz gern! Irgendetwas piekte mich und verdutzt zog ich den spitzen Gegenstand ins Licht. Mich blinkte ein eloxierter Bohrer mit einem Durchmesser von wenigen Millimetern an. Ein Bohrer? Ich war an diesem Tag nicht in der Werkzeugabteilung gewesen. Sollte ich schon so zerstreut sein, dass ich einen Bohrer zuhause eingesteckt hatte? Ich griff tief in meine Tasche und fast schon im Futter ertastete ich noch einige der kleinen Werkzeuge. Möglichst gleichmäßig lief ich weiter und als ich am Infostand vorbeiging, ließ ich die Teile einfach fallen.

Am Ausgang trat unser Chef vom Dienst aus dem Aufenthaltsraum.

„Du bist zwar heute nicht die Dritte, aber zeig mal Deine Taschen!"

Später sagte er mir, dass er auf einen Hinweis hin gehandelt habe. Gerade von diesem Mann hätte ich eine solche Verhaltensweise nie und nimmer erwartet. Wir kannten uns so viele Jahre, wir haben das Unternehmen hier am Standort zusammen aufgebaut, manche Feier miteinander abgerissen. Schwere Zeiten gab es auch genug. Und dann so etwas!

Mir traten die Tränen in die Augen, als ich meine Taschen umkrempelte. Von diesem Abend an durchsuchte ich meine Handtasche und meine Kleidung immer sorgsam, bevor ich den Laden verließ.

Reflexion

Saßen wir am Lagerfeuer oder hielten wir nach Sternschnuppen Ausschau? Haben wir in der Küche philosophiert? Ich kann nicht mehr genau sagen, wann und wie wir auf das Thema kamen, warum wir eigentlich hier sind. Aber es wird schon so eine Gelegenheit gewesen sein, die zu philosophischen Reflexionen animiert.

Jetzt fällt es mir wieder ein: es war das Buch eines polnischen Autors, der die These aufstellte, dass mit einigen wenigen Fragen ermittelt werden könnte, ob man selbst ein Mensch ist, dessen Leben einen Sinn hat.

Die Antwort auf die Frage, ob jeder von uns ganz persönlich mit beiden Beinen im Leben stünde und sich genau die Frage nach dem Sinn des eigenen Da- und Hierseins beantworten könnte, blieb zunächst für uns offen.

Tatsächlich war die erste Frage des polnischen Autors, ob man sich den Zweck der eigenen Existenz herausgearbeitet habe!

Uahh! Im Buch wurde, wahrscheinlich um das kostbare Papier zu sparen, über den Zweck der Existenz abgekürzt als ZdE resümiert. Und: na klar, die Suche nach dem Glück spielt bei solchen Betrachtungen immer eine Rolle, und, wie sozial sich der jeweilige Reflektierende verhält, sollte natürlich ebenfalls nicht zu kurz kommen:

Wer anderen Gutes tut, ist selbst ein Guter! Klar doch, oder?

Nehmen wir die Sache biologisch, kommt selbstverständlich noch der Reproduktionsfaktor hinzu.

Ach, ich regte mich jedenfalls tierisch über das Buch auf. Ja, jetzt weiß ich es wieder: gerade zog eine Sternschnuppe über den Himmel. Ein Hammerding, gefühlt mehrere Sekunden lang, zog seine Bahn als eine kräftige Linie genau von Nordost nach Südwest.

Ein Steinsplitter nur, aber hervorragend geeignet, kleinen Erdenwürmern wie uns die Vergänglichkeit der Existenz vor Augen zu führen.

Warum kriechen wir bloß auf der Erde umher? Bei Sternschnuppen tendieren die Menschen, die das Glück haben, eine solche zu sehen, dazu, sich etwas zu wünschen.

Unsere Waschmaschine tropft. Sollen wir uns also eine neue und bessere Waschmaschine wünschen?

Dabei haben wir gleichzeitig ganz andere Probleme. Ich will sie hier nicht weiter auswalzen, denn die hat wohl jeder, der eine Familie hat. Denken Sie sich einfach die eigenen Schwierigkeiten und noch einige andere, die sie am liebsten ihren Nachbarn aufhalsen würden, dann liegen Sie goldrichtig!

Hilft es, sich im Angesicht des großartigen Durchganges unseres Planeten durch die Flugbahn eines popligen Steinchens, ganz stark daran zu denken, dass beispielsweise der Ehepartner etwas kooperativer sein, oder das Enkelchen im Sandkasten dem Spielpartner nicht den Scheitel mit der Schippe nachziehen möge?

Manche behaupten an dieser Stelle, dass es tatsächlich ausreicht, sich etwas ganz fest vorzustellen, und, ohne es auszusprechen, zu wünschen. Demjenigen, der in dieser Richtung denkt, sei verziehen, denn alles Hoffen und Wünschen von uns Erdenbewohnern ist ja darauf ausgerichtet festzustellen, dass die eigene Existenz nicht umsonst ist und wir aus einem bestimmten Zweck hier auf Erden herumwuseln. Wir selbst erfinden uns also den Zweck und den Sinn unseres Daseins!

Vielleicht ist es unsere Bestimmung, dafür zu sorgen, dass Plastiktüten aus dem Angebot verschwinden? Was ist, wenn dieses Ziel erfüllt ist? Sind wir dann überflüssig geworden? Oder gehen wir Schritt für Schritt weiter, kaufen künftig im Unverpacktladen ein?

Retten wir die Welt, indem wir auf Fleisch verzichten oder biologisches Gemüse kauen? Essen wir vegetarisch oder gar vegan?

Aber vielleicht streben wir auch nach etwas viel, viel Bedeutsameren?

Wollen wir dafür sorgen, dass Kinder nett zueinander sind? Darf es ein Kinderbuch sein, welches Sie schreiben? Ein Musikstück gar, oder ein Lied, am Abend den Kleinen vorzusingen?

Wollen wir den Streit mit unseren Liebsten ein für alle Mal aus der Welt bringen? Könnten wir durch das Trinken einer bestimmten Biersorte darauf hinwirken, dass der Regenwald nicht mehr abgeholzt wird?

Oder fahren wir in Zukunft mit dem Fahrrad zu einer Arbeit, die uns Spaß macht? Bauen wir uns Häuser im Grünen und verteidigen danach mit Hauen und Stechen die Ökologie der Biotope?

Suchen Sie sich etwas aus! Und vergessen Sie eines nicht: Nach Ihnen kommen Generationen um Generationen, ebenso, wie vor Ihnen Generation um Generation daran gearbeitet hat, dass Sie als einmaliges Wesen auf unserem Planeten Ihr ganz persönliches Glück suchen dürfen.

Die eigentliche Kunst unserer Wünsche darf es sein, zu reflektieren was uns umgibt. Genau dafür haben wir unsere Augen, unsere Ohren und all unsere Sinne!

Mit den Ergebnissen unserer Reflexionen bedienen wir unsere Sehnsüchte, die wiederum unsere Wünsche erzeugen. Wünsche sind unerfüllte Sehnsüchte? Unerfüllbar gar? Teilweise bestimmt!

Klar, der Wunsch nach einer neuen Waschmaschine ist erfüllbar. Harmonie, Frieden und ein Leben ohne die Zukunft der folgenden Generationen zu zerstören, das soll auch klappen? Nee, das wird nichts, wenn das so weitergeht, wie bisher.

Nun haben wir uns wieder und wieder so viel Mühe gegeben, durch unsere Wünsche alles besser zu machen. Und, ist deshalb das Leben besser geworden?

Für einige ganz bestimmt, aber was ist, wenn die meisten Pech im Leben haben? Bekommen die vielleicht nur die Waschmaschinenwünsche erfüllt? Dann stehen die Angemeierten reihenweise unterm Sternenhimmel und wünschen sich etwas? Ganz bestimmt, denn immerhin, die Waschmaschinenwünsche, die sind erfüllbar! Die Wünsche der Weltverbesserer aber bleiben wahrscheinlich unerfüllt.

Dabei hören sie sich so gut an und wenn man weiß, dass etwas anders werden muss, ist das doch schon ein Anfang, oder etwa nicht?

Die zweite Frage war übrigens, ob man Angst vor dem Tod hat. Denn, wem solches widerfährt, der hat nicht das erledigt, was er erledigen wollte. Na, da wollen wir doch ganz schnell verneinen, oder etwa nicht?

Zum Autor:

Jens Kirsch,

geboren 1958, Ausbildung als Diplomphysiker an der Universität in Greifswald.

Tätigkeiten im einzigen ehemaligen Atomkraftwerk der DDR, an der Uni Greifswald, bei den Stadtwerken Greifswald, 14 Jahre Gemeindevertreter in der Gemeinde Wackerow

Malerei seit 1978, Website:

www.kirsch-immenhorst.de

Mehrere Veröffentlichungen in der Dorfzeitung Wacker(ow) Blatt, Ostseezeitung, Künstlerzeitschrift „Die Buhne".

Verheiratet, vier Kinder, elf Enkel

Bereits im gleichen Verlag erschienen und im Online-Handel verfügbar:

Wer sucht, der versucht...

Die Welt in der wir leben

ISBN 978-3-7412-6129-8

Josef Dainer hat die Nase voll vom Job. Er will in der Abgeschiedenheit des Ryckbogens ein neues Leben beginnen. Wenn nur der Zwang Geld zu beschaffen nicht wäre!

Kommen Sie mit auf die Reise aus dem vorpommerschen Greifswald nach Ghana, in das indische Agra und zu den Astronauten der ISS. Die Probleme gleichen sich in verblüffender Weise: Das Leben muss gesichert werden. Aus dieser Suche nach Sicherheit erwachsen Versuche, immer neue Versuche...

Benterdal

ISBN 978-3-7392-3807-4

Stoffel, ein ausgesteuerter Schlosser, dessen tätige Hilfe im ganzen Dorf gern angenommen wird, sucht nach einem neuen Sinn in seinem Leben. Gut ist, dass ihn die Beseitigung nicht ganz ökologischer Hanfprodukte nach Benterdal führt, wo er auf Josef stößt. Hier starten sie und ihre Mitstreiter den Aufbau einer solidarischen Dorfgemeinschaft, die durch den Zustrom von Flüchtlingen ungewollt beschleunigt wird. Eine Entwicklung, deren Ende nicht abzusehen ist…

Es war einmal ein Dorf

ISBN 97 837 412 07570

Der Fischer Ture gerät anno 1168 mit dem ihm anvertrauten Mädchen Lyr in die Auseinandersetzungen des Königs von Dänemark mit Fürsten und Herzögen um die Vorherrschaft auf der Insel Rügen. Dieser Kampf der Mächtigen zerstört das Leben einfacher Leute. Auch Lyr und Ture werden in einen Strudel von Gewalt und Hass gezogen. Ihre Flucht vom Kap Arkona soll ihnen eine neue Heimat liefern. Doch Inger, Freundin Tures aus Kindertagen, steht der Liebe des ungleichen Paares im Weg.

Kursverlust

ISBN 9 783 744 848 442

Ein junger Ingenieur wird zum Kapitän, um seinem bisher allzu absehbaren Leben neuen Schwung zu geben. Er will gemeinsam mit seiner Freundin auf große Fahrt gehen. Dafür benötigt er Geld, das er als Schiffer in Berlin verdienen will. Dieses Projekt scheitert in jeder Hinsicht grandios. Allerdings lernt der unerfahrene Kapitän dabei einen sehr erfahrenen Berater kennen, der gerade einen Weg sucht, sein Geld vor dem Fiskus unsichtbar werden zu lassen und bei diesem Kunststück des Schiffers Hilfe gut brauchen kann.

So beginnt ihre gemeinsame Seefahrt nach Monaco, sie sehen Menschen sterben und sie retten Menschen. Das viele Geld, das ihren Weg begleitet, bestimmt und verändert nicht nur ihr eigenes Leben – und wie!

Bonobo

ISBN 9 783 746 025 940

Der Lebensraum der Menschenaffen schrumpft dramatisch. Zwei Überlebensstrategien prallen aufeinander: die kämpferisch aggressive der in die Enge getriebenen Schimpansen prallt auf das harmonieorientierte Lebenskonzept ihrer nächsten Artverwandten, der Bonobos. Für beide Gruppen geht es um Leben und Tod, denn sie werden von ihren entfernteren Artgenossen, den Menschen, gnadenlos verdrängt.

Doch nicht nur ihr Lebensraum schwindet. Sie selbst sind es, die als Bushmeat das notwendige Eiweiß für die Männer liefern, die ihre Wälder abholzen. Ein perfider Fleischwolf dreht sich, der mit Besorgnis und wissenschaftlichem Interesse von deutschen Verhaltensforschern beobachtet wird, die bald selbst in den Fokus von Überlebensstrategen geraten…

Wie wird dieser Kampf enden?

Sauerstoff – Geschichten zum Einschlafen

ISBN 9 783 750 437975

Ob Ella besser einschlafen wird, wenn ihr Mann Fred nicht mehr schnarcht? Ob Marja, mit Freundin Petra und Großmutter, jemals Wolin, welches so sehr dem sagenhaften Vineta gleicht - für die Großmutter jedenfalls-, erreichen wird? Wird Mucki die Schläge seiner Mutter verkraften? Vertreiben die Männer um den langen Petersen vermeintliche Diebe aus ihrem Dorf?

Lesen Sie die teils vergnüglichen, teils bitteren Geschichten, die zwar in ihren kurzen Fassungen Einschlafformat haben, nicht jedoch in ihren Inhalten.

Was uns gelingt - Geschichten für den Tag

ISBN 978-3-7526-6771-4

Was uns gelingt machen wir gut. Bloß, oftmals führen unsere Vorhaben uns auf Ab- und Umwege. Es ist eher selten, dass die Ergebnisse unseres Handelns so aussehen, wie unsere Pläne, unsere Wünsche das vorgaukelten. Damit wir an diesem Umstand nicht verzweifeln, geben uns die kleinen Geschichten dieses Buches Mut für den Tag.